U0055041

有話想對孩子說

鐘友聯——著

自序

分享是一種樂趣。

聊天是一種分享的方法，有些人擅長聊天，這是一種人格特質，也是一種本事。尤其是能跟父母、長輩們，聊得很開心，或是跟自己的孩子，很聊得來的人，讓我感到佩服。

我不擅長聊天，但我也有很多故事，想跟別人分享，所以我把寫作當作分享的方法。這幾年來，透過了寫作，把我的工作心得、生活理念、休閒樂趣，分享出去，因而出版了好幾本書。本書是把我的童年往事、成長過程，與孩子們分享。這些文章發表後，得到很多回響，因為這些小事，往往是許多人，共同的經歷，共同的記憶。

社會不斷地變遷，本書分享了成長的故事，從這些故事，不難找到社會變遷的一點軌跡。時代不斷地進步，日新月異，很多事物，不斷地消失，有些被遺忘，有些留下懷念。

從古到今，不論社會現象如何變遷，背後總是存在著不變的核心價值。那就是愛，心態，態度。人間最寶貴的是有愛的存在，因愛的能量，讓人間充滿活力。

本書從二個層面，對上與父母的相處，對下與子女的互動，抒發人間最感動的溫情。

這些點點滴滴的往事，不僅感動了作者，希望也能感動讀者，因為它傳播了人間最寶貴的溫情，親情，愛，提醒了人們，時時不要忘了感恩，惜福。

鐘友聯　謹識

2013年5月22日於學不厭齋

目次

第二輯 有話想對孩子說

第一輯

「兒時記憶」

心中有父母

我不知道，是不是鄉下農村出身的孩子，比較能夠體貼父母，能夠時時為父母著想。我有六個兄弟，只有我能夠讀大學，對於父母的栽培，特別感念，特別珍惜。過去的農村，能溫飽就很難得了，供應孩子的學費，只有靠父親養豬，母親養雞鴨鵝，賺來的外快了。

農家的父母都持放任的態度，孩子考上學校就去讀，考不取就算了。還記得大專聯考的前一天，家裡正在收割稻穀，而我要跟同學一起到台中參加聯考，當我去跟父母拿車錢的時候，他們正戴著斗笠在晒穀場工作，此時我背著書包，帶著複雜的心情，沒有人陪伴，要去一個陌生的地方，參加考試。於是找了一位同學壯膽，一起到台中去。找到考場後，我們就住到不必花錢的廟裡。

這是我第一次離家的經驗，現在的孩子多麼幸福，考試是一家的大事。在家裡，生活簡單得很，就是多一個碗與一雙筷子，到台北讀書就沒那麼容易了，一出門就是要錢，坐車要錢，吃飯要錢，每次在用錢的時候，腦海中就會出現年邁父母，帶著斗笠在陽光下工作的景象。我必須把生活的消費降到最低，才對得起父母。在沒有本事賺錢的時候，唯有以時間換取金錢，能走路就不坐車，能坐慢車就不坐快車。

拿父母辛苦賺來的錢，在外面裝濶，四處遊樂，我是做不來的，因為我的心中有父母帶著斗笠在工作的影像。家裡有沒有錢，是另外一回事，很多事情，可以等到自己會賺錢再去做也不遲。有本事，要靠自己，不靠家裡。

現在很多年輕人，怕吃苦不想當兵。可是當兵那一年，對我而言，是相當愉快的經驗。除了磨練，不同的學習之外，我感覺到，我真正獨立了。有吃有住，又有薪水。平日已經養成簡單生活的習慣，不太會花錢，薪水幾乎全部存下來，除了有計劃的，把準備讀研究所的學費和生活費準備好之外，按月可以將二分之一的薪水拿回家。此時，我的內心，感到無比的充實，我終於可以回饋家裡了。

研究所畢業，有了教職工作，我就結婚了。那時候，家裡正好是青黃不接的時候，又要為我辦理婚事，我也是把政府給的結婚補助費，全數拿給父母。我從來沒有跟父母講過貼心的話，更沒說過我愛你之類的話，我以行動表示，在我的心中，父母永遠佔著重要的位置。

婚後我是一無所有，獨自打拼，日夜四處兼課，努力經營自己的家園。一路走來，感覺十分踏實，凡事都是自己努力得來，不靠別人，更沒有天上掉下來的，從無僥倖心裡。

時代不同了，環境也改變了，現在我能提供給孩子的，遠比過去父母給我的，來得太多了。我願意把這段心路歷程告訴孩子，無非是想要讓他們知道，人人心中有父母，必能行得正，坐得直，俯仰無愧於天地之間。

孩子的心中要有父母，所做所為，必能合乎正道。

只要我們心中有父母，必能潔身自愛，自我要求。父母在，處處以父母為念，這就是中華文化的倫理精神。我希望這種精神，不要在這個時代消失。

筆未提起淚已濕
往事歷歷心頭緊
奉勸子孫仔細聽
取悅父母只要順

咱家妹妹最感性
兒時趣事她清楚
南北奔馳為父病
時時憶往念父母

父親的小幫手

我有六個兄弟，大哥大我十二歲，二哥多我八歲，三哥大我六歲。大哥高中讀台中高工，二哥、三哥讀台中師範，所以，雖然我有三個哥哥，但是他們初中畢業，就離開家裡住校去了，而且年齡大我很多。在我的印象當中，我的童年好像沒有和他們相處過，在家裡，我好像就是老大，每天帶著弟妹玩。

由於三個哥哥長期不在家裡，農家日常的許多雜物，我必須分擔，我也就成為父親的小幫手，成為父母呼喚的對象，隨時接受差遣。

農忙時期的工作，暫且不談，就是平常時，也是父親差遣的對象，從我懂事以後，我就成為父親的跑腿。

上小學前我就學會騎腳踏車，在鄉間，腳踏車是很重要的交通工具。小時候騎腳踏車四處趴趴走，是一種樂趣，所以我很樂意當父親的跑腿。

「阿友，去幫我買煙。」

每次聽到父親的叫喚，我總是迅速地牽著腳踏車就走了，來回最少也要騎個二十分鐘。

買酒，買煙，這是最經常的事。

父親在做事的時候，也是要我跟在旁邊，隨時待命，隨時接受差遣。比方說，父親準備要施肥的時候，我會和他一起把肥料從倉庫抬出來，然後倒在水泥地上，然後用鋤頭，把結塊的肥料敲碎，或是把不同的肥料拌在一起。在當時最常見的肥料就是硫安和尿素。肥料拌好以後，我就必須幫忙牽布袋，父親才能夠把肥料裝回布袋中。

牽布袋，看似小事，不必費力氣，但是非有一個人幫忙不可，很適合兒童來做。稻穀曬好，要裝入布袋，就必須要有人來牽布袋。工作時要兩人一組才方便，一個人做不了事，我那時雖小，也是可以當父親的小幫手。長大後，回到鄉下，發現進步了，只用一個鐵架把布袋口撐開，讓布袋立起來，一個人就可以把農產品裝進布袋了，操作簡單，又可以省下一個人工。

在我的印象中，父親好像很不喜歡跟外界打交道，不論是到郵局存錢提錢，或是到農會辦事，都是由我跑腿。記得有一次，要我到秀水農校，去換稻種，由於搞不清楚稻穀的品種，跑了好幾趟才辦好。

最辛苦的是，每季稻子收成後，要到農會繳交稻穀，當時不知道是要繳稅，還是要換取肥料，要請人用牛車載一整車的稻穀，到農會繳交，也是由我陪著牛車，去辦手續的，同時要協助工人，把一袋袋的稻穀，背進倉庫，我和工人都弄得滿頭大汗。

最難忘的一件事，就是有一年家裡拜拜，父親要我去接外祖母來吃拜拜。

那時，我還是就讀小學低年級的小孩子，騎著一輛載貨用的腳踏車到外婆家，回程時，我和外婆是用走的，本來不敢載她，但是走了一段時間，可能是累了，我提議要用腳踏車載外婆，外婆也真勇敢，真的坐上腳踏車的後座了。外婆坐上去，我馬上發覺不對勁了，因為外婆有點胖，車子的重心不穩了，前輪幾乎要蹺起來了，把手左右搖晃，我用力穩住腳踏車，勇敢地騎上去，跨上去後，車子左右搖晃，撞來撞去，快要倒下去了，趕快跳下來。真的有點危險，可是我還是不死心，又試了幾次，還是失敗了。畢竟是小孩子，我的體重太輕了，無法平衡。

「阿友，不要了，會被人家笑，我們還是用走的。」外婆說話了。

一路上，沒說一句話，似乎有點漏氣的感覺。

現在回想起來，的確有點危險，當時的外婆，應該年紀不小了，穿著藍布衫，又有纏足，萬一把她摔傷了怎麼辦，當時的我，真是不知天高地厚，太勇敢了。

小時候，不管父親做什麼事，幾乎都要跟在旁邊，有事沒事，他會叫著我的小名——「阿友——來喔——」我是個聽話的小孩，聽到父親在叫，就會趕緊跑過去。

父親是有點神經質，自己一個人在工作，不知道在想什麼，嘴巴常常念念有詞。最常見的是，常常叫著我的名字。有時候，也會這樣叫著——「阿友啊——來喔——來給我打一下」。

我的堂姊們常常跟我說：「你爸爸最疼你了，一天到晚都在叫你的名字。」

我心裡想著；大概是吧！

用現代的術語來講，父親似乎有「宅男」的個性，一生守著自己的家園，很少外出，也不喜歡跟外界互動。要跟外界打交道，就派我出門。在鄉間，很有威嚴，常看到有人來，請求排除糾紛，或是跟他借錢。都是別人來找他，他很少外出。

我們兄弟在台北成家立業後，父親每年會利用農閒時期，到台北來住幾天。父親來台北的主要目的，就是看看孩子、孫子。玩的、吃的似乎沒什麼興趣。

要招待父親，也是頗費苦心，他很客氣，不表示意見，我們不知道他喜歡什麼。在他七十歲那一年，我帶他到大溪，去看神牛神豬的表演，終於被我猜對了，豬和牛與農家很親切，又有感情。沒想到，豬和牛竟然這麼聰明，又會當眾表演，他看了之後，簡直高興極了。

趁著興致很高的時候，我又帶他到亞洲樂園去玩，那個年代最流行的是雲霄飛車，我們站在旁邊觀看，就覺得很刺激了。

「阿爸，要不要坐看看，很好玩。」我隨便問一問。

「好。」沒想到，父親這麼難得，爽快地答應了。

我開始緊張起來了，眼看著七十歲的父親，坐上了從未經歷過的雲霄飛車。

「雙手抓緊，不要怕。」我安慰地說。馬達急速啟動著，我的心臟隨著雲霄飛車加速跳動著。幾分鐘後，父親臉不紅氣不喘地走下來，我的心才安定下來。在旁邊陪我的樂園經理告訴我，敢坐雲霄飛車的老人家，並不多見。

父親八十六歲往生，現在已經九十幾歲了。每次在憶念父親的時候，想到：我是父親的小幫手，我是父親的跑腿，在我的內心深處，找到這樣的記憶，有一種幸福的感覺。

父親的智慧

騙術不斷地翻新，幾乎天天接到詐騙電話，有時一天數回，從未接到詐騙電話的，恐怕絕無僅有。

其實，騙術是古今皆有，於今為最，騙徒已經是集團化，企業化、科技化了。詐騙金額之龐大，算是高收入了。騙徒好像隨時隱藏在我們的四週。

有時我在想，如果用一點耐心，跟騙徒周旋一下，詳細瞭解詐騙的方法，很容易就可以把不斷翻新，出奇制勝的騙術紀錄下來，完成一本厚厚的「騙術大觀」，此書一出，或許可以利益眾生，功德無量。

我何以知道，騙子古今皆有呢？原因是，我從小到大，經常在聽父親講「騙術奇談」，都是真人真事。小時候，常看到有人很得意地來告訴父親，他得了什麼好處，賺到了什麼，父親聽了，馬上嚴正地告訴地，你被騙了，數日之後，果然不出父親所料，那是個騙局。

單純的農村，更容易上當受騙，左右鄰居都曾受騙，只是沒有現在這麼嚴重。父親最得意的是，他的一生從未被騙。

父親經常講騙術詐術的故事，無非是在告誡我們，不可以心存貪念，天下沒有白吃的午餐。以前鄉下人常遇到金光黨，被騙又不敢講，常說被迷昏，被拍一下就跟著走。父親聽了總是直言，沒有這種事，完全是貪心所致。後來我也發覺不是鄉下人遇到了金光黨，都市人，知識份子同樣被金光黨所騙。主要因素，還是離不開一個貪字。

其次，父親常提的是十賭九詐，常為我們解析詐賭的內幕。從小在父親嚴厲的家教下，所有的兄弟皆遠離賭字。

過去的騙術比較簡單，沒有像現在編織得那麼離奇。最常見的是拿假的龍銀來騙村民，或是假的蠶絲被騙鄉民。農村不是很有錢，常見的都是小騙子，拿假貨騙錢而已，不外乎假鹿茸、鹿角膠、猴膠之類的假藥材來騙人，損失不大，比較嚴重的是遇上了金光黨。

父親說，騙子要來，事先會先打聽，那些人可騙，那些人騙不了，清清楚楚。不像現在是一網打盡，用機關槍掃射，總會捉到幾個倒楣鬼。

父親說，從沒有騙子找他。騙子知道父親騙不了。

每次聽到有人上當受騙，我就想起父親在我們小時候的殷殷告誡，不可心存貪念。不取非份之財。

每次接到中獎電話，我就跟他講，我不缺錢，獎金捐給你。

當今的騙子，水準越來越高，應用心理學，找到人心的弱點，不僅利用貪字，也利用人的愛心、恐懼心等，簡直是無所不用其極。

應是父母身教嚴
旁門左道不敢粘
安貧樂業一路走
非分妄求又何敢

父親愛喝茶

現在我每天喝茶，從早喝到晚，喝茶的習慣，可能是受到父親的影響。

印象中，父親每天早上起床後第一件事，就是燒開水，泡茶。我們鄉下老家的廚房，還保留了燒木柴的古灶，這是父親燒開水專用的古灶。家家戶戶都使用瓦斯以後，父親還是堅持用古灶來燒開水，這是父親節儉成性，有了這個古灶，就可以處理許多可燃性的廢棄物，如樹枝，木頭等，既能節約能源，又能處理廢棄物，真是一舉兩得。

燒開水，泡茶，喝茶，是父親每天的第一件事。現在的我，也是如此，每天一大早，如果不先泡一壺茶來喝，好像今天還沒開始，這一點，似乎是深深地，受到父親的影響。

從小我們家裡，隨時都有一大壺茶，可以喝。過去我們喝茶，不是很講究，却是我們全家的習慣。喝茶有益身體健康，從我父親身上，似乎可以得到印證。他喝了一輩子的茶，一生從無病痛，沒有高血壓，從未聽過，他那裡不舒服，除了晚年出了一點意外，他從未進出醫院。

雖然平常家裡都是喝很普通的茶，父親可也是懂茶的人。長大後，我們偶而買茶回家，父親一泡就知道是好茶，馬上會邀鄰居來喝茶。

至於父親是如何買茶呢？那就更有趣了。

從小我們就知道家中有一個客人，每次一來，就是半天，跟父親聊得很愉快，有說有笑，每次一來，就是聊到不知午之將至，中午就留在我們家吃飯。我們家這個客人，是來賣茶葉給父親的流動商人。

五十年前，機車很少，很高級，汽車更是稀有。他從員林騎腳踏車，後座載著白布袋，裡面裝著一包一包的茶葉，沿途販賣。從他每次一來，就要耗上半天，我真不知道，他一天可以做多少生意。

每次一來，父親都會跟他買茶葉，大概是因此而結的緣，變成朋友，每半年會來一次，來了就是半天，父親也都放下手邊的工作，陪他泡茶聊天。小時候的我，覺得賣茶葉的人，很奇怪，不認真，不敬業，如何能養家活口。

現在我才知道，這是茶人的特色。茶人遇上了茶人，好像遇到了知音一樣，天高皇帝遠，有談不完的話題，做生意賺錢，變成次要的事了。這是茶人可愛之處。愛茶的人，比較不會那麼勢利，眼中只看到錢。

父親懂茶，但捨不得喝好茶。茶商騎幾個小時的單車，到我家來賣茶給父親，大概也賺不了多少錢。依我看來，他每半年來一趟，是想念老朋友，來看老朋友的成份居高，賣茶只是個藉口罷了。

我們長大以後，外出讀書工作，從此沒看過此人了。

我曾經問父親，員林那位賣茶葉的人，有沒有再來。在我的內心深處，偶而會想起父親這位茶商朋友，偶而也會關心他，於今是否安在，畢竟他是常在我們家吃飯的客人。從父親身上，我看到了上一代茶人的風範，也看到了茶人與茶商互動的情形。現在我有許多好茶，可惜已經無法和父親一起在山上，泡茶聊茶了。

父親讀完了一本書

過年回家，送給父親一本我剛出版的新書，「真命夫子」。

父親面帶微笑，撫摸著新書，翻了一下。

「過年後，到重音那邊，再慢慢看。」父親說完，便迅速地把書收藏在皮包裡。

父親已經八十二歲了，八十歲以後的父親，體力衰退很多，生活習性也改變了許多。

父親一輩子務農，在年輕的時候，讀了很多漢學，四書五經讀了不少，許多論語中的名言，他是背得琅琅上口，文學的書也讀了不少，他心中崇拜的作家，他常提到阿Q之弟，常提到「可愛的仇人」，這本小說。三十餘年來，我們家的報紙，從未停過。小時候，印象相當深刻，每天中午，工作之餘，父親用台語唸報紙，我們要學也學不來。在鄉村，在父親那一輩，算是難得的知識份子。
過去我發表「孝親潛思錄」的時候，他寫信告訴我，他讀的孝經註解，沒有一本像我解釋得那麼深入清楚。我知道父親是在鼓勵我。
八十歲的父親，精神體力大不如前，別說讀書了，就是報紙也不看了。
前兩天利用週末返鄉探望父親。
「你那本書，我全都看完了。」父親笑著說：「書借給別人了。」
我聽了，感到十分驚訝！
將近三百頁的書，在一個月內，竟然被長時間不看書的父親讀完了。
年老的父親，精神體力均不適宜讀書，只因這本書是他兒子寫的書。父親說話的時候，臉上充滿著對兒子的愛。
謝謝父親把我的書讀完了。
每當有人告訴我，把我寫的書看完了，內心充滿著無比的感激，可是再怎麼說也比不上這一次，年老的父親，把厚厚一本「真命夫子」，從頭到尾讀完了，內心充滿著無比的溫暖和喜悅。

我實實在在感受到父親的愛，以及他對我出書這件事的重視。

老父讀完書
年老意清楚
能讀不糊塗
為子心滿足

父親漢學底子通
四書五經口能誦
子曰孟云時有聞
晴耕雨讀一村農

父親嚴教重品德
教忠教孝有心得

奉公守法勤儉持
簡單生活心平和

父親愛讀書

我父親是個「種田人」，不是耕田，就是養豬，是個道道地地的自耕農。雖然父親是個農人，可是家中卻有一個大書櫥，裡面有很多日文書籍，小時候，我就有很深的印象，裡面有一部日文版的十三經註疏。可見父親是個愛讀書的人。

父親除日文外，也讀過漢學，國學的基礎很好，出口成章，特別喜歡引用論語的文句。到現在，印象還很深的，他常說「朝聞道，夕死可矣！」最常說的是「識時務謂之豪傑，知進退謂之英雄」。

我大學剛畢業，就在雜誌發表「孝經潛思錄」，父親看了之後，寫了一封信鼓勵我，他說這是他讀過的孝經註解，詮釋得最好的。可見父親是讀了很多古書。

父親不僅漢學底子厚，他也喜歡新文藝，也讀小說。他最喜歡的一本小說，就是「可愛的仇人」，常聽他談論書中的情節。他喜歡的作家，就是「阿Q之弟」。我們小時候就常聽他談論。

從我懂事以後，我們家一直訂閱「台灣新生報」，一直到報社停刊，前後長達五十年。農家很忙，父親看報的時間，是利用中午休息時間，他是真正的讀報，用台語一字字發出聲音讀。用國語讀還可以，用台語讀，我們就學不來了。他讀報讀累了，報紙一合，在沙發上就睡著了。

父親很多知識是從報上得來的，他常說他是「社會大學」畢業的。新生副刊也是他每篇必讀的，當時「理想夫人」的徵文，除了每篇必讀之外，還講給我們聽，最後結集出版單行本，他還劃撥預約。對一個農人而言，太不容易了。

父親的行為，影響了我對文藝的喜愛，新生副刊成了我第一個投稿園地，在高中時代，也有幾篇文章在新生副刊登出。

父親還訂閱了一本農業雜誌「豐年」半月刊，我們家有整套的豐年雜誌。離家外出讀大學，寒暑假回家，我也喜歡把「豐年」雜誌，一本一本拿出來翻閱。跟我同年齡的同伴，大概很少接觸到這本雜誌，而我能夠與眾不同，是因為家中訂了這本刊物，從這裡，也累積了很多農業知識，培養了田園生活的樂趣。

雖然我們是農村家庭，但因父親愛讀書，喜歡追求新知，我們的家，算是很有書香味了。我會喜歡文藝，喜歡寫作，多多少少是受到父親的影響。每次我在雜誌上發表文章，我會寄給父親，他一定會詳細閱讀，有時也會認真寫一封信鼓勵我。每有新書出版，我也會帶給他。八十歲以後，他大概只讀我寫的書了。當他告訴我，他已經把我那本近三百頁的書讀完了，我的內心受到很大的感動。現代人不太讀書，我常把新書送人，但我也懷疑，他們有沒有把我的書看完。

父親的忌日快到了，每次到了這個紀念日，我總會想起父親生前的點點滴滴，以及說過的話。常引起一些懷念，也有一些感傷，一點惆悵。

父親漢學底子厚
四書五經口能誦

雖是農家有書香
出口成章道孔孟

腹有詩書明義理
排難解紛常賴伊
村民信服有威嚴
一諾千金信不移

平凡的祕訣

父親戒煙了，完全成功地戒煙了。

對一位八十高齡的老人而言，戒煙有必要嗎？

父親平日生活儉樸，除菸酒外，別無嗜好，又不喜外出旅遊，飲食簡單，一輩子就是過著儉約的農家生活。煙酒是他唯一的嗜好，而且年紀已經這麼大了，明知不好，我也從未跟他提戒煙的事。我們都知道，菸酒對身體有害無益，可是要一位八十高齡的老人，拋棄僅有的一點嗜好，實在不近人情。

可是，父親竟然一口氣把菸酒都戒了，而且說戒就戒，不拖泥帶水，好像十分簡單的樣子。

對一位菸酒已經上癮了六十年的老人，你我都會覺得要把它戒掉，是件相當困難的事。

可是父親輕輕鬆鬆地，說戒就把它戒掉了。

父親是個相信專業權威的人，他聽從醫生的建議，把菸酒戒了，我們都相信那是一件了不起的事，是一件相當困難，必須經過折磨的事，父親卻輕輕鬆鬆地告訴我，沒有什麼困難，完全決定於自己，要不要戒是自己決定的事。完全掌握在自己手裡。這就是父親戒煙的祕訣。

世間所謂的祕訣，看似神祕，卻是平凡。記得服預備軍官的時候，有一次部隊長要告訴我們戒煙的祕訣，一聽到祕訣，大家馬上洗耳恭聽，肅靜下來，他說戒煙的祕訣，只有「決心」二個字而已。

世間的祕訣都很平凡，看你有沒有決心，要不要做而已。

煙酒肉食父親愛
說戒就戒全無礙

決心毅力是秘訣
道理淺顯人不改

有志竟成語非假
若無意志難招架
不勞而獲絕無有
毅力決心力量大

八十老父戒煙酒
發心茹素悲心有
往生見證舍利花
未進寺廟心地修

煙囪

很久沒有看到煙囪了，在現代都市，煙囪是無法存在的。煙囪過去是與廚房結合在一起的，廚房是每個家少不了的，古今都一樣，只是煙囪已經被抽油煙機取代了。在都市裡，無論如何，是看不到煙囪了。

在記憶中的煙囪，是頗富詩意的，在鄉村中，在田野部落中，看到炊煙裊裊，再加上倦鳥歸巢，從空中劃過，那是多麼悠閒自在，多麼美的景象。

現在如果您在都市中看到煙囪，比方說南港或三重，恐怕再也喚不起，傳統鄉下煙囪的那種美感了。不僅不美，而且又和空氣污染聯想在一起了。

如果您以為在鄉下，很容易就可看到炊煙裊裊的煙囪，那也是不很實際的。鄉下的建築不斷在更新，三合院，四合院的房子，逐漸消失了，代之而起的，是鋼筋混泥土的樓房，廚房的設備現代化了，瓦斯爐取代了柴灶，抽油煙機取代了煙囪。炊煙不見了，歸巢的倦鳥也少見了。

每次回到鄉下老家，總是喜歡四處搜尋，煙囪的確不多見了。只有老家還僅存二隻小小的煙囪。老家的廚房已經改建過了，除了有現代化的瓦斯爐炊具外，父親還保留了大灶，屋頂上的煙囪，也就因大灶的存在而保留了。

鄉下農家的柴火是不少的，每年修剪防風林，就可堆積一大堆木柴，但是工資貴，很多人家，不願花時間來處理，認為有空去做工，賺一天工資，就可買一筒瓦斯了。但是父親認為那是可用的能源，不可輕易浪費，所以我們老家的廚房，是新舊並存的。

以前母親還在世的時候，每天一大早，父親起來就蹲在灶前，送柴火，讓母親煮飯燒菜。現在媳婦煮飯，父親還是保留這個習慣，每天一大早，就用木柴燒一鍋開水，泡茶。他總是把木柴晒乾，存放一堆，從不浪費一根樹枝。

古人惜物的精神，不折不扣地在父親身上保留著。父親保留那二隻煙囪，完全是為了不浪費能源啊！

黃昏，從煙囪冒出的炊煙，冉冉上升的時候，正是農家辛勤工作一天，放鬆精神休息的時候。左鄰右舍就蹲在院子，聊了起來，孩童們還在追逐嬉戲，主婦們在廚房裡忙著，也創造了炊煙裊裊的景象。

幾千年的炊煙，在悠閒中過去了，從沒有人去想過，它污染了什麼？從來沒有人認為它破壞了我們的生存空間。

可是，城鎮興起後，矗立在城鎮的大烟囪，和鄉村的烟囪就不一樣了。它不受人的喜愛，無法給人美的感受，它和空氣污染結合在一起了。

所以，矗立在屋頂上的烟囪，越來越孤單了，像父親那樣惜物的人，也越來越少了。

炊煙裊裊近黃昏
荷鋤歸來門前蹲
兒童嬉戲院子奔
家家和樂這一村

大灶有環保
收納可燃草
俯拾皆能源
一生用到老

草莽中的智者

每一次返鄉，最重要的工作，就是要當父親忠實的聽眾。

父親說話的聲音高亢，意氣風發，有時雙手一攤，絕佳的手勢，真像個演說家。

我們只要靜靜地聽，父親就很高興了。

「你們在外，只要奉公守法，讓我安心就夠了。」

每次靜靜地聽父親高聲談論，心裡會感到放心許多，表示父親的健康不錯，體力，精神，思想都很好。

這次清明節返鄉，細數父親臉上的皺紋，發覺摘去假牙的父親，的的確確老了，凹陷的嘴巴，微笑起來非常慈祥。

「體力不如從前了。」父親說：「以前是一年不如一年，現在是一個月不如一個月。」

聽得我心情一直往下沉，不知要說什麼才好。

父親已經是年近八旬的老人了，體力那有不衰之理。

父親從不說出身體有何不適，為的就是不讓子女擔心，父親無上的慈悲，表現在這裡，與眾不同。

以前他的眼角長了一粒肌瘤，自己不聲不響，在小街上請醫生花幾分鐘割除了。白內障開刀，還是我們看他拿著放大鏡看報紙，發覺有異，左勸右勸，才去醫院檢查開刀的。

這次聽到父親主動說出體力衰退，心情倍覺沉重。父親已經養成單純的生活習慣，從不吃藥進補。

臨行時，父親俯身車窗，叮嚀著：「開車要小心，慢慢開，不要急。」

沿途，父親帶著微笑，慈祥的眼神，在我的腦海盤旋不去。

過去父親在我腦海中的印象，就是嚴厲的說教，嚴肅的表情，而這次盤旋在我腦海中的却是沒有牙齒微笑的臉，慈祥的眼神。

嚴重的車潮，走走停停。腦海中，隨著父親的影像，讓我想起許多往事。

從小我們兄弟與父親相處，都是唯命是從。在村裡，父親也是扮演著長老的角色，為村民排難解紛，只因他的威嚴足以服眾，分析事理的能力，足以服人心。父親一直扮演著權威的角色，我們從來不敢跟父親要求，或者辯解，更談不上改變父親的觀念。

父親很多思想，觀念，全是自己獨自沉思，反覆思辨出來的。有時也會前後修正自己的看法。

父親雖然足不出戶，可是觀念却不落伍，具有前瞻性，使我們家在村裡，一直走在最前面。

記得小時候，農家的燈光相當昏暗，日光燈剛發明不久，我們家大概是最早使用的。記得裝好日光燈的第一個晚上，左鄰右舍都圍過來看，別人家是昏黃的燈光，我們家是潔白光亮，相形之下，頗有大放光明之感。

在農村，父親最勇於採用科技產品，農具的更新，更是走在時代的前鋒。

在村裡，他也鼓勵農友耕種機械化。別人不敢請耕耘機耕田，只有他率先響應，帶動風氣。

父親每天認真看報紙，自稱是社會大學畢業，他從許多社會現象，悟出人生的智慧。不斷反覆修正自己的看法。

報紙上第一次出現討論安樂死的時候，他覺得是大逆不道，萬萬不可。

「如果安樂死立法通過，農村這些無用的老人，豈不一個個被安樂死了？」

可是過了不久，他的觀念又變了。

「如果有一天，我成了植物人，我要求安樂死，我不要連累子孫。」

他不斷地思考問題，修正看法，他的人生智慧就是這樣累積起來的。

通常老人最怕提到「死」字，更不要說立遺囑了。最近幾年，他不斷地要寫遺囑，還曾經要我代筆，告訴我那塊地由誰繼承，清清楚楚。

「這是要留給你們紀念的，並不是有錢就可以擁有農地。」父親嚴正地說。

他十分坦然地面對人生所有的問題。他常提到百年後要火葬，骨灰安置寺廟即可。他知道在保守的農村，如果不明確交代，子孫是不敢冒然行事的。

父親的許多觀念很新，走在時代前面，可是在傳統道德方面，却十分堅持，他反對傷風敗俗的電子花車，喜宴中的低俗歌舞。我們時常聆聽他的教誨，可以堅定我們的道德意志力。

父親對我們要求不多，只希望我們平安就好。以前聽他講話，聲音高亢，體力充沛，精神很好，可是這次返鄉，他的話少了，體力不如從前了，父親已年近八旬了，我們能不隨時警惕嗎？

想起媽媽

母親往生已經三十年了，每遇到人生有轉折的時候，我就會想起媽媽。

當妻子在為女兒做月子的時候，我想起媽媽。現在的女兒，都是回娘家做月子，我母親都是為媳婦做月子。每次得知媳婦懷孕的時候，她就開始養土雞，準備給媳婦做月子用。

我們兄弟在台北各自獨立生活，每年我們都會利用農閒的時候，邀請母親到台北來玩。每次到台北，她都要準備一大堆土產，自產的蔬果，一人一袋，雞一人一隻，粽子一人一串。母親難得出門一次，大概要花幾天的時間來準備一堆禮物給孩子。雖然於心不忍，但是母親疼愛子女的心意是改變不了的。每次想到這裡，便會出現母親背著大堆行李搭火車的景象。在農家工作，已經夠辛苦了，連出門探望在外面的兒孫，也要這麼辛苦。真的是於心不忍啊！

母親六十歲就往生了，而我研究所畢業後就成家立業了。那時兩手空空，第一個小孩出世，又花了一筆相當可觀的醫藥費，為生活打拼，日夜兼課，而且在大學教書，必須認真準備教材。那時既沒錢又沒閒，不知那裡有好玩好吃的地方，每次母親來台北，我總是費心地想，如何來招待母親，但是最後都只是去逛百貨公司。現在回想起來，年輕時候的我，太笨了。很慚愧，當時不懂，不會，也沒有好好招待母親。

如果是現在，那就不一樣了，現在我已經知道那裡有好玩好吃的地方，那裡適合帶媽媽去，我心裡有譜了。

當我第一次買車的時候，我想起媽媽。如果媽媽還在，我可以開車接媽媽到台北，不管要帶多少地瓜，高麗菜等土產，都可以輕鬆上路，不必再搭火車擠公車了。我可以開車帶母親到海邊，到風景區，去開開眼界。

當我有能力有時間出國去玩的時候，我想起媽媽。看到團友帶著媽媽，帶著婆婆一起出遊，令人羨慕。可惜我的母親，太早離開我們了。

當我看到婆媳衝突的新聞時，我想起母親。每次我的母親到兒子家，簡直就像客人一般，每次問她需要什麼，想吃什麼，想去那裡玩，她都說不要。吃飯時，也是客氣得不敢夾菜，我知道她的個性，每次都要幫她夾菜。這麼客氣的婆婆，怎會有婆媳不和的事呢？

母親內向慈悲的個性，凡事自己承受，痛苦自己吞，就是不讓兒女擔心。身體不舒服，也不肯說，自己找草藥吃，當我們看到她時時抱著肚子，眉頭深鎖，才逼著她去檢查。

現在我住在山上，看到年長的農婦，每天勞苦的工作，我想起母親，一生也是這樣勞苦的工作，就在她把這群孩子，撫養長大，而且個個有成就，正可以享福的時候，卻離我們而去了。

現在我終於體會到「樹欲靜而風不止，子欲養而親不在」，那種內心的酸楚。很慚愧，好像沒有特別為母親做過什麼事。

唯一比較安慰的是，我從小就是乖乖牌，從來沒有叛逆過，沒有忤逆過父母，從未讓母親傷心過。在我成為父母以後，常常會想起我的媽媽。

關懷時提醒
耳提又面命
無愛不嘮叨
母在真福幸

媽媽影像常出現
有苦有樂常憶念
人生苦短有壽限
子孫成群未及見

媽媽是我的聽眾

每次想起母親的時候，童年的一個鮮明景象，就會浮現在腦海。農村的父母與子女相處的模式，大概都很類似。白天大人忙於工作，小孩跟左右鄰居的小孩，同年齡的會玩在一起。三餐煮好，小孩肚子餓了，飯端著自己吃，只要不出事，父母好像不大理小孩，所以孩子的獨立性很強。

晚上吃飯，很少圍著一起吃，媽媽把飯菜煮好後，肚子餓的人，各自端著吃，母親總是最後一個吃。傳統農家婦女，具有勤儉的美德，不會計較，總是要收拾最後的剩菜剩飯。

記得我讀小學一二年級的時候，喜歡陪媽媽吃晚飯，邊吃晚餐，邊講故事給媽媽聽，感覺上，媽媽表現得很喜歡聽我講故事的樣子。飯已經吃飽了，媽媽也不急著收拾餐桌，總是靜靜地，母子二人坐在長椅上，媽媽很有耐心，聽我把故事講完。

媽媽是我今生，第一個忠實的聽眾。

我的小學老師很會講故事，而且故事很長，好像現在的電視連續劇一樣，每天講一段，而我的記憶力很好，可以一字不漏的記住，回家再講給媽媽聽。

現在回想起來，覺得媽媽非常了不起，她是個村婦，讀書不多，更沒有讀過心理學，但是她懂得「傾聽」的道理。在我講故事的時候，從不插嘴。

媽媽愛聽我講故事，似乎影響了我個性的發展。後來我不僅講故事給媽媽聽，也喜歡講給弟弟聽，像「虎姑婆」、「桃太郎」、「金絲猴」等，他們都很喜歡聽。小小年紀，幾乎已經成了名嘴。

其實，我是一個沉默寡言的人，在團體當中，我的話不多，不太會與人聊天，在大庭廣眾，更不愛發言。可是，當我獨當一面的時候，或是屬於我的場子，或是我當主角的時候，却能夠侃侃而談，表達得很好。

想到這裡，我必須感謝我的母親，她樂當我的聽眾，使我養成愛講故事的習慣。她傾聽的態度，讓我勇於表達。

現在我能在大庭廣眾，從事專題演講，必須感恩我的母親，因為母親樂當我的聽眾，給我發表的機會，也因而訓練了我的發表能力。

每次想起媽媽，腦海中，會出現許多畫面。

媽媽工作時的畫面，感覺媽媽太辛苦了。

媽媽生病時，愁眉苦臉的模樣，讓人心疼。

唯獨呈現母子二人，坐在飯桌前，面對一桌未收捨的碗筷，母親靜靜地在聽我說故事。這個畫面最感溫馨，讓我懷念。

這已經是五十幾年前的往事了。

我很想再講故事給媽媽聽，我現在比小時候更會講故事了，可是無論如何，媽媽是永遠聆聽不到我講故事了。

寫到這裡，眼淚竟然不知不覺地奪眶而出了。

媽媽的副業

您一定會覺得很奇怪，過去的農村家庭，會有什麼副業？其實我說的副業，就是指耕田以外的事，農閒時候所做的事。

父親的副業，就是養豬，最多的時候，養了十幾隻。曾經養母豬，一窩生下十幾隻小豬。蓋了三間豬舍來養豬，就業餘的農家養豬戶而言，算是大戶了。

而母親的副業，應該就是養雞鴨鵝了。養二三十隻雞，是常有的事，成群的鴨子，成群的鵝，形成農家的景象。成群的火雞，印象最深了，常常是小孩子嬉戲的對象。

母親養的這些雞鴨鵝，除了逢年過節加菜之用，當做祭祀時的三牲五禮之外，就是家中的一份外快了。以前的鄉下，常有雞販來收購，拿著網子捕捉，我們小孩子也幫著追趕，覺得很好玩。因為鄉下養的雞，都是野放的。

現在這種鄉村的景象，已經看不到了。沒有人養豬了，飼料很貴，只有大型的養豬場才能經營下去。雞鴨鵝，也是少有人養了。

台灣的經濟正要起飛的時候，手工藝品風行世界各地，外銷量大。我們彰化距離大甲，不算太遠。那時大甲草的編織品，很受歡迎，供不應求，因此，商人會將大甲草送到家裡來，母親就利用農閒時，編織草帽，按件計酬，商人會定期到府收取，十分方便，左鄰右舍都很熱衷這份工作。

母親的這份工作，我們是幫不上忙的。不僅是要有技巧，而且要有手藝，不僅是按件計酬，而且要看品質，編得好，價錢會高一點。我們小孩子，只有在旁邊看的份兒。

不過，那時候我已經可以感受到，母親在做這項工作時，是很輕鬆很愉快。邊做邊聽收音機，母親最喜歡聽歌仔戲了。白天在大廳堂，與左鄰右舍的人，一起坐在小板凳，邊聊天邊編織草帽，雙手動個不停，十分迅速，好像在比賽似的，嘴巴又聊個不停，一心能二用，實在了不起。

隨著手工藝品的沒落，鄉村這種拼經濟，客廳即工廠的景象，沒幾年就不見了。

從此以後，就沒有看到母親再有其他的新副業了。

農業社會，家家戶戶過的就是簡簡單單的生活，勤勞儉樸，只要有空，就會做一些增加收入的代工，不過，現在這種代工的機會，越來越少了。

農忙時很忙，農閒時也有農閒時的工作，例如，準備柴火，收拾農具等等。現代人很重視休閒，農村也是一樣，找時間出國旅遊，是常有的事。母親的一生，從未出國，除了回娘家，到兒子那裡，幾乎全守在自己的家園，很少外出。

我實在想不起，母親有什麼休閒，除了聽歌仔戲，與左右鄰居聊聊天之外，好像沒有其他的休閒。

母親雖然辛苦，但很滿足，因為她拉拔長大的六子一女，沒讓她失望過。

母親為家計
手編大甲席

飼養鴨鵝雞
如今成追憶

母親手藝好
手編大甲草
如今已失傳
技藝成國寶

傳統農戶家計難
婦女持家多勤儉
農閒時節不放過
貼補家用日不閒

母親的刺繡畫

從我們懂事以來，父母給我們的印象，就是曬得黑黑的農夫農婦。跟其他的農人完全一樣，每天都是穿舊衣，打赤腳，穿拖鞋，簡單過日子，從不打扮。

可是，我們家中留下二張大大的照片，掛在牆壁上。這兩張照片，無論怎麼看，都不像農人，不像鄉下人。一張是父親年輕時的照片，西裝革履，頭上梳的「海結仔頭」，頭髮梳得晶亮，雙手插在口袋，擺出來的姿勢，一副紳士派頭，一看就是富家少爺的樣子。父親是在民國六年出生的，如果以現在的流行語來說，當時的父親，是很時尚的，走在時代的前端。

另一張，則是母親年輕時的照片。她穿著套裝，手上拿著捲起的雜誌。母親是民國八年出生的，在當年，這樣的造型，也是很時髦的。

這二張照片，是父親自己拍攝的。年輕時的父親，曾經開過「寫真館」，小時候，家中還可以看到，父親開照相館時留下的，洗照片的器材。

這兩張照片，為年輕時的父母，留下見證，相當寶貴。五弟在老家附近購買透天厝以後，這二張照片，被五弟捷足先得，拿去懸掛在他的樓房了。

母親還留下一幅「刺繡畫」，尤其珍貴。

母親的這幅「刺繡畫」，構圖完整，意境深遠，是一幅美麗的畫。畫面的主題，是釣翁坐在船上垂釣，就在畫面偏左下方，正是黃金分割比例的位置。右邊是一片湖光山色的水面，只有在遠方岸上，有樹林成片。

畫面的左側，有一棟洋味十足，三層樓，尖頂的洋房。洋房邊是繽紛的花草，還有已經變紅的楓樹。一看就知道是西方的庭園。

我認為這是一幅中西合璧，結合西洋畫風，與中國畫意境的作品。

帶著笠帽，獨自蹲坐在木舟上的釣翁，內心不知道在想些什麼？似乎是在國外的一個湖泊，有著中國的釣客。

這幅「刺繡畫」是母親結婚前的作品。母親十七歲就結婚了，算起來，這件作品，已是接近八十年的古物了。這是母親唯一遺留下來的嫁妝，由於年代久遠，這件作品的周邊，已有腐蝕的現象了。妹妹特地拿去裝框，送到山上來保存。

每次看到母親年輕時的照片，再欣賞到這件作品，我們確信，結婚前的母親，是很有氣質的美少女。

我們記憶中的父母，跟照片中，年輕時的父母，似乎是不同世界的人。

每次看到父母留下來的遺物，內心有無比的感慨。為了我們這一群孩子，父母放棄紳士淑女的生活，下田工作，不留戀過去風光的年少歲月，勇敢地接受生活的挑戰。我最親愛的父母，能粗能細，能屈能伸，從完全不懂農事，慢慢學習，竟然也做了一輩子的農夫。一路走來，相當辛苦，但是從不怨天尤人，歡喜做，甘願受，毫無怨言。這是非常積極的，面對生命的態度。

在父母的身上，看到許多值得我們學習的態度，他們以農為榮，肯犧牲，肯放下，不留戀過去，勇往直前，迎向未來，從不放棄工作的精神，永遠值得我們學習。

睹物思親永不悔
往事歷歷已難追
遺物不多堪珍惜
故鄉情怯頻頻催

母親廚藝手藝好
農事家事難不倒
裁縫刺繡女工紅
編帽做稞一把罩

孺慕舊時顏
含辛茹苦添
見畫如見娘
依稀在眼前

媽媽愛聽歌仔戲

己丑年的坪林包種茶節，公所特別邀請孫翠鳳領銜主演的明華園歌仔戲團，在茶業博物館前演出，這真是大手筆，可能所費不貲，不過這種為山上老人貼心服務的用心，倒是令人讚歎。

我當然不會錯失這個大好機會，我一定要親臨觀賞，並不完全因為明華園的知名度，是國家級的劇團，必須買票到國家劇院才能觀賞到。而是因為母親愛聽歌仔戲，歌仔戲是母親一生唯一的休閒娛樂，而我過去，一直沒有好好地，認真地觀賞過，台灣本土的歌仔戲。歌仔戲對母親何以有那麼大的魅力呢？我也想一探究竟，現在既然有這麼好的機會，當然不能錯過。

我母親已經往生快三十年了，在她的年代，歌仔戲只能用聽的。母親的一生非常辛苦，完全奉獻給這個家，從未外出旅遊，不知休閒娛樂之為何物，唯一能談得上休閒的，就是聽歌仔戲。我現在是要來看，要觀賞歌仔戲，而母親只能聽歌仔戲。從小我就常常看到母親在工作的時候，口袋就是裝著巴掌大的小收音機，聽的就是歌仔戲，母親從未聽其他的節目，過去廣播電臺播放歌仔戲的時段特別多，而母親是從未錯過。

過去要看歌仔戲，只有在廟會的時候，可是廟會節慶的時候，家裡特別忙，要準備拜拜，要招待親友，母親怎有可能去看歌仔戲呢？戲台下幾乎都是小孩子在湊熱鬧，大人很少，都在家裡忙著，演戲是演給神明看的。

母親雖然喜歡歌仔戲，可是都是在聽歌仔戲。沒有機會看歌仔戲。

從小我跟在母親的旁邊，也會聽到歌仔戲，但是聽不懂，自然就不了解劇情，只知道歌仔戲就是從頭唱到尾，而且唱得很悲傷，很悲情。那時候就覺得母親很厲害，竟然都聽得懂。

這是我第一次，從頭到尾，很認真地觀賞明華園歌仔戲的演出，更讓我証實了當年的母親，的確很厲害，母親的程度很高，所以聽得懂歌仔戲。

過去很多人不了解台灣的本土文化，往往有一種鄙視的態度，一概以「俗」字來看待，我是非常不認同的，像台灣的語言，是保留最多的古語古音古文化，只是很多人不懂而已。歌仔戲也是一樣啊！那是很高水準的戲劇啊！從它的內容，對白呈現的方式，就可以證實，每個演員，一開口唱出的，就是七言詩句，對仗工整，韻味十足，很文雅，是水準很高的戲曲啊！雖然我是道地的台灣人，也是要看字幕才聽得懂，而當年的母親，憑著聽收音機，就完全了解劇情，而且著迷了，真不簡單。母親真了不起。

看完明華園的演出，內心很興奮，也有幾分激動，這個晚上，見證了現代歌仔戲的魅力。時代是進步的，同樣是野台戲的演出，也是進步非凡。運用現代科技，可以迅速組裝，而且機關重重，燈光及舞台的設計，都是美侖美奐，十分精緻。對於從未看過歌仔戲的人，只要認真地從頭到尾看完，一定會被它吸引住。

在這寧靜的山上，因為明華園的演出，吸引了四面八方，扶老攜幼，湧進的人潮，共享這晚心靈的饗宴。這是多麼幸福的夜晚。

要是母親還在，那不知有多好，要是我能帶著母親來觀賞明華園的演出，她不知會有多高興，她的讚歎一定比我多，畢竟歌仔戲是她的最愛，而她又只能聽歌仔戲。

如果今晚，母親跟我一起見證，現代歌仔戲的舞台，燈光，服飾，這麼華麗，她不知會有多高興。

可惜啊！母親不在了！這個欣賞歌仔戲的夜晚，又讓我想起母親了。

農家少休閒
歌仔造福淵
前有楊麗花
今有明華園

人偶布袋歌仔戲
農家最愛休閒趣
有人忽略不知宜
地方戲曲宜倡議

母親的記憶力

每當我在翻箱倒櫃，找不到東西時，我想起了母親。母親有驚人的記憶力，小時候在家裡，好像沒有找不到東西的問題。

每當我看到廚餘桶，丟棄許多食物時，內心雖然感到不捨，又有什麼辦法呢？一包很貴的香菇，吃不到一半，丟棄了，原因是妻子忘了，放太久，壞了。家中的二個冰箱，被壓在箱底的，無法重見天地。許多東西買來，不久就忘了，最後是發霉了，只好丟棄了。我知道妻子不是故意的，只是我們的記憶力，沒有那麼好。

每當我看到那一桶丟棄的食物時，我想起了母親，母親有驚人的記憶力。家中大大小小的事物，相當繁雜，可是對她而言，卻是瞭如指掌，清清楚楚。她從不會忘記家中還有那些可食用的東西，包含那一甕一甕醃製的食物。

母親的勤儉持家，把一個農家整理得井井有條，完全得力於她驚人的記憶力。母親只有受過日式小學教育，沒有學過漢文，不會國字，當然不會做筆記，她一生的經歷，全部儲存在腦海中，就像電腦一樣，隨時可以呼叫出來。

我們知道，農家東西很多，雜七雜八一大堆，房間多，東西存放在那裡，如果沒有很好的記憶力，往往不容易找到。母親就有這個本事，只要她親自收拾過的東西，一定知道在那裡，所以她事必躬親。母親成了我們最大的依賴，只要我們一開口，東西很快就可以拿到，小到一根縫布袋的布袋針，她都很清楚擺在那裡？我們兄弟多，那一個孩子是幾年幾月幾日，幾點幾分生的，記得清清楚楚，十幾個孫子，什麼時候生的，照樣記得清清楚楚，完全不必依賴筆記。

母親就像是活字典一樣，成了我們小時候，最大的依賴。

不僅僅是家中的事物，她自己的經歷，就是左右鄰里發生的事，她大概都不會忘掉。如果要做田野調查，撰寫鄉野傳奇，找到我母親，要她口述歷史，那是輕而易舉的事。

可惜我小時候跟母親相處的時候，還沒有養成寫作的習慣，否則，我一定可以保留很多的記錄。等到我們成家立業，生活稍為寬裕，有餘力，想為地方盡一點心力，保留一些紀錄時，母親早已往生了。

過去，我常自以為有很好的記憶力，好像是得自母親的遺傳似的，只要我收拾的東西，我就可以找到。可是最近，却常常花很多時間在找東西，找得滿頭大汗，又沒有人可以依賴時，沒人可問時，我想起母親，懷念母親。

母親有很好的記憶力，是我們趕不上的。

母德真正廣
曼音細說詳
親子常相憶
願您來分享

母親的往生

（一）母親的一生

母親誕生於民國八年九月二十五日，逝世於民國六十九年十二月十七日午後二點五十分，享年六十二歲。在目前醫藥科學這麼發達的時代裡，仍然無法克制癌症之疾病。母親憑藉著堅強的意志，專一的信仰，與癌症的病魔，奮鬥了五年之久，才離開這世間。

在短短的六十二年當中，母親過的是苦多樂少的日子，母親的一生，過的是勤勞節儉、刻苦耐勞的生活，她把所有的一切，獻給這個家，獻給她的七個子女，就在她的子女們，長大成人，能在社會上做一個有用的人的時候，母親卻又接受了病苦的折磨。在應該享福的時候，無法享福，這是多麼遺憾的事。

母親的一生，過的是傳統的農家婦女生活，清苦地過日子，能省則省，完全談不上享受。

（二）慈悲的母親

母親的愛心廣大，就在她得病這幾年，每次要到台北接受治療時，她都大包小包地，或是帶一些土產，或是菜乾蘿蔔，一包一包的包好，我們在台北的每一兄弟，一人一包，只要帶得動的，她都盡量帶，彷彿這樣才能值回「票價」似的，每次我們勸她不要這麼辛苦時，她都說自己出產的東西很便宜，在都市買就貴得很。

母親的病，完全是因為一生操勞過度，及營養不足所造成的。她的病能忍則忍，從不願兒女們來為她操心煩惱，就在她病情嚴重的時候，反而她要來安慰我們，沒關係，不要緊的，要我們放心。母親天生就是一副慈悲的心腸，很會為別人設想，為子女設想。

母親是最慈悲的，愛心最廣大，從未擺過長輩的架子，從未責備過她的任何一個媳婦，在媳婦的心目中，母親是最容易侍候的，最容易滿足的，最不會挑剔的。

（三）勇敢的病人

可是，這樣一個愛心最廣大，心地最慈悲的母親，竟然得到了這種可怕的疾病——癌症。我們不敢把事實的真相告訴她，我們怕她崩潰，我們希望她能堅強的活下去。果然母親堅強地接受了病魔的挑戰，在民國六十六年於榮民總醫院將胃割去了三分之一，蒙佛恩加被，身體很快地恢復了正常，可是病魔太凶狠，到民國六十八年八月，又在腹部發現腫瘤，很迅速地又在仁愛醫院做了第二度的開刀，將卵巢、子宮完全割除，我的道友也到醫院為母親念佛祈福，這樣大的手術，竟然一星期就康復出院，這時母親在冥冥中，也感受到佛力的加持，更加緊地修學佛法。

憑著佛力的加持，和堅定的信心，兩次開刀都很順利，給了母親無比的信心，可是病魔太凶狠了，非讓母親倒下不可。到了今年八月，在腹腔又發現了腫瘤，母親憑藉著堅強的求生意志，又接受了第三度開刀；可是開刀後發現，腫瘤蔓延，無法割除，又縫起來了，我們的心為之一沉，母親在世的時間不多了。果然三個月後，又轉移到肺部，造成肺積水，而離開了人世。

（四）往生瑞相

癌症這種可惡的疾病，不僅因為它能致人於死地，而且在臨終時，使人痛苦異常，呼天搶地，痛苦呻吟，往往要注射麻醉劑來止痛。我的母親雖然得的是癌症，可是異乎尋常，臨終前沒有痛苦呻吟一句，只是體力漸漸衰退，血壓慢慢下降，到臨終前的神識，還是清清楚楚。在她體力不支時，我們為她念佛，她還能清清楚楚，一句句地跟我們念「阿彌陀佛」，可見母親臨終一心不亂，必定往生無疑。

母親送回家中後，我們全家為她念佛。這個晚上是我們一生以來，最深切的念佛體驗，念佛念到子夜，靜下來後，我們兄弟，都能聽到遙遠的天上，天樂大作，鐘鼓齊鳴，再看看母親的臉上，皮膚轉為紅潤，好像安祥地睡著了。我們深切的相信，阿彌陀佛一定來接引了。我們的阿姨們見了，覺得母親的神態，比在醫院好看多了。

（五）習俗的改革

在鄉下辦理喪事，免不了要請道士作法，請一些表演性質如「三藏取經」、「牽亡魂歌」等所謂的「陣頭」來表演一番；在鄉下，好像不如此，就不足以表示隆重了。可是父親具有大智慧，深切地了解母親崇佛的願望，打破鄉下習俗的方式，採取誦經禮佛，使儀式更加顯得莊嚴隆重。

我們禮請了彰化名刹，名虛法師住持的中華寺，心丹、心印、心誠、心圓、心戒、心玄、心微、覺融、見恩，等九位清淨修行的法師，來為母親誦經。最令人感動的是，在十二月二十五日那天，一大早，廣定法師又從台北趕到我們那個窮鄉僻壤的鄉下，來為母親修持密法加持。這是母親的福報，也是我們的榮幸。

法師們的辛勞，的確是做了一次很好的佛法佈施，把佛教莊嚴隆重的一面，傳播給純樸的鄉民。

（六）結論

母親是一個平凡的村婦，也是一位偉大的母親；母親做人的成功，是溫和待人，慈悲待人，對待晚輩不以長輩自居，始終客客氣氣，就是對待自己的子女媳婦亦是如此。平常亦常說，人要是死的話，一口氣斷了，痛痛快快地死去，千萬不要拖太久，甚至拉屎拉尿要讓子孫服侍，那就要連累子孫了。這也是母親的慈悲心地，處處為子女設想，果然母親的往生，自己不痛苦，也沒有給子孫增添麻煩，這也是母親願力的實現。

最後還值得一提的是。當母親住進仁愛醫院四東病房時，承蒙護士黃金葉小姐，時時來為母親念佛，臨終又承她的幫忙、協助、指導。個人雖略具佛法常識。但事到臨頭，也慌成一團，不知如何是好。母親在這四、五年來，時時進出醫院病房，幸運地臨終時，最後一次住院，能遇到這麼善良的護士小姐來為她念佛，使我們深深地受到感動。在當時緊張的時候，我忘了向她說一聲謝謝，現在我在這裡要向她補說一聲：「謝謝！」願佛光加被您！

不一樣的兄弟情

我們六個兄弟，一個妹妹，散居各處，各忙各的，父母還在世的時候，父母是我們的重心，老家是我們團聚的地方。父母往生後，我們兄弟頓時感覺失去重心，警覺到我們兄弟不能因而失去凝聚力。於是提議，每年的除夕，輪流到兄弟家去圍爐團聚。現在每年的除夕，清明節，父親忌日，母親忌日，就是我們兄弟團聚的日子。

除了這三個固定的節日聚會之外，當然還有很多機會可以相聚，為大哥二哥七十祝壽時，已是三代團聚，子孫滿堂了。這次二哥主辦，慶賀三哥蒙馬總統拔擢入閣，我們兄弟又有了團聚的時刻了。

每次聚會的時候，總有數不盡的陳年往事，說不完的童年趣事。每次兄弟的聚會，就是我們憶念父母的時刻。每一件陳年往事，都有父母的影子，每一個童年故事，都反映農家的生活，父母的辛勞。二哥一句一句地說出對父母的憶念，字字打動我的心坎，當他說到樹欲靜而風不止，子欲養而親不在時，我的眼淚已忍不住奪眶而出了。

我們兄弟大小相差二十歲，每個孩子跟父母相處的環境，略有不同。二哥在我們兄弟中，天資最聰明，小學是第一名畢業，榮獲縣長獎，現在是我們兄弟中，人生目標最圓滿的，子女均已成家立業，兒子是執業醫師，而且已經有了聰明的長孫，十全十美，已經別無所求了。最能得到父母歡心，就是二哥這一房，孫子是醫師，曾孫又已經長這麼大了。

我們兄弟，在父母心中，左右鄰居的眼中，大概是乖乖牌的孩子。我的一生，也是平凡過日子，沒有特殊的表現，沒有做過讓父母特別高興的事，唯一的一件事，就是我買了這塊山坡地，父親認為我做對了，我想這是農人對土地的感情，所以他會感到高興，每次到台北來，我一定會帶他到山上住一晚。

後來堂兄那一房，小孩經商失敗，負債累累，必須變賣祖產。父親告訴我。

「我們兄弟一人出一百萬，把那塊土地買下來。」我跟父親這麼說，一人的能力辦不到，只要我們兄弟合作，一定可以辦到。父親聽我這麼說，很高興。我知道，父親不捨得讓祖產流落他人之手。

「可惜你們公務人員，不能買農地，無法過戶。」過了幾天，父親又打電話來。當時法令尚未修改，只有自耕農才能購買農地。

「沒關係，就登記在么弟的名下就可以了。」我這麼說，父親聽了很高興。

「您們兄弟很團結，我很高興。」這也印証了團結力量大的道理。

我知道能夠把那塊地買下來，是父親的心願。做子女的，應該好好滿足父母的心願。

在我們兄弟相聚的時刻，往往會想到父母，只有那些陳年往事，才是我們的共同話題。在我們憶念父母的時刻，出現的往往是一些辛勞的畫面，難免會營造出傷感的情緒。因此，在我們兄弟難得歡樂相聚的時刻，我盡量去憶想那些，得到父母歡心的往事，想著想著，還是不禁唏噓，要是親愛的父母，還在我們身邊，大家一起歡樂，不知有多好。

感恩二哥

除了父母的養育之恩外，我必須感謝二哥對我的照顧。

雖然我的獨立性很強，喜歡獨來獨往，不喜歡依賴別人。回想從小一路走來，大有千山我獨行之慨，在成家立業之前，只有跟二哥相處的時間較多，受他照顧最多。

記得我讀初中的時候，二哥已經在當老師了，那時他在有名的風景區，日月潭國小當老師，學校就在現在的教師會館那裡。記得初一那年的寒假，二哥帶我到學校，跟學校的同事，一起生活了十幾天。

鄉下的孩子，第一次離開家裡，在外面過了一個相當愉快的寒假，跟二哥的同事，以及同事的小孩，相處得很愉快。印象最深的，是有一天，我們一群人，步行走路到學校工友的家，他是原住民，家在深山中，很好客，馬上殺了閹雞來請客。

在山中，第一次看到有著長長尾巴的雉雞，從空中飛過。那一次的經驗，讓我愛上了山林，影響了我長大以後追求田園生活的興趣。

在我那個年代，學校不流行校外教學，也沒有畢業旅行，鄉下農家的孩子，幾乎沒有外出的機會。剛考上大學那一年的暑假，馬上到成功嶺受訓，很多第一次離家的同學，難免有想家之苦。接著北上讀書，對一個從未出遠門的鄉下小孩，又是一項挑戰。比較幸運的是，那時二哥已經調到台北市教書了，我可以跟二哥生活在一起，降低了思鄉之苦。

我之所以特別感恩二哥，除了生活的照顧之外，最重要的是心情的安慰，那時的我從未見過世面，個性含蓄內向，沉默寡言，不愛社交活動。從單純的農村，來到大都市，如果沒有二哥相伴，不知是否能適應，脆弱的心靈，不知是否能克服思鄉之苦。

北上求學期間，幾乎都是與二哥生活在一起，二哥的好朋友，我都認識。二哥與二嫂交往期間，也是帶著我，和二嫂以及她的妹妹，四人一起出遊，兄弟情深令人稱羨。二哥二嫂訂婚後，左右鄰居也謠傳我要跟她妹妹訂婚，一時傳為美談。

讀研究所期間，得到老教授的器重，讓我住到他家，住了一段時間後，覺得還是跟二哥住比較溫暖，那時二哥已經結婚了，也是欣然同意我回去同住，讓我感激萬分。

他鄉的遊子，內心的孤寂是可以想見的，很多人是藉著打牌、逛街、跳舞來麻醉自己，而我有穩定的心情，可以讀書寫作，專心研究，寫出很好的論文，這都必須要感謝二哥二嫂，在生活上的照顧，以及接納，一直到我結婚自組家庭才搬出。

最近常常想起生命中的貴人，除了感恩父母外，首先想到的就是要感恩二哥二嫂，當時二哥要調到台北教書，想到的是將來可以方便照顧弟妹。而我真的受惠了。二哥二嫂，謝謝您，感謝您多年的照顧。

兄嫂待我情義重
感恩懷念滿心中
老天賜福平安樂
二哥二嫂我尊敬

妹妹未出嫁時

妹妹畢業高雄醫學院護理科，目前在台北從事南丁格爾的工作。在我們兄弟中，妹妹與我最親近，一有假日，就會到我這裡來，帶小孩去玩，去看電影，我那三個寶貝，一聽到門鈴，知道姑姑來了，一定會歡天喜地的狂叫不停。平日自己的生活實在是克勤克儉，對我那三個小孩的存心敲詐，卻是慷慨的很，經常是有求必應。所以，對我那三個小鬼來說，他們經常認為姑姑不嫁人最好，是自私的很。

過去從來沒有這種感覺，總是處心積慮地，想把妹妹介紹給人家，早日把她嫁出去，可是最近因為妻子一星期不回家，才使我深深感到，幸好妹妹未出嫁。

這次太太參加童子軍營訓練一星期，為恐孩子天天吃蛋炒飯，特電召妹妹來協助家務一星期。平時她住在醫院的宿舍裡，此次奉召進駐家中，儼然是一家之主，料理家務是井井有條，真是始料所未及。

我每天早出晚歸，忙於公務，這個妻子不在家的一星期，要不是妹妹的拔刀相助，一定會弄得灰頭土臉，滿身油污，孩子體重減輕，功課退步。

孩子每天早上，總是在遲到邊緣匆匆上學，妹妹要先為他們把房間床鋪整理好再去上班。下班又匆匆趕來做晚餐，讓我們父子繼續過著飯來張口的日子。可能是料理的口味改變的關係，平日孩子們一碗飯總是吃半天，現在吃了姑姑煮的飯，卻吃了兩大碗，樂得妹妹每天都端詳著孩子的臉，口口聲聲的說：「姑姑要把你們養胖一點。」到了最後一天的時候，她更宣布：「果然被姑姑養胖了。」沒磅沒秤，我是一點看不出來。

每頓飯，總是準備得恰到好處，只要盤底有一點可以入口的東西，她一定要吃掉，就是一點菜湯，都要攪飯吃掉，盤底的油，也用飯吸光、吃掉，更別說剩菜了，一定要處理到盤底朝天，精光為止，她說這樣處理起來方便，也不浪費。我知道她的血液中，流著母親當年惜福的精神，節儉不浪費。在妹妹身上，我看到母親當年的影子，我們兄弟，也都承襲著母親當年的惜物精神，在家中經常保留一些可用，而不知何年何月才會用到的東西。

飯後，她把後陽台，那些已經晾乾的衣服收進來，我看她聚精會神，每一件衣服，她都仔細檢查，然後才折疊完成，我知道她在檢查鈕扣是否脫落，褲管是否磨破了；就連那些並未脫落，而已經斷線，或有脫落可能的鈕扣，都要一一把它縫好。妻是個學藝術的人，凡事大而化之，有時是視若無睹，經常在遲到邊緣的時候，才在找針線縫鈕扣，急得孩子的眼淚直流。小男生的牛仔褲已磨破兩個洞，沒補也照穿，我真擔心，我們家是不是已經被老師列為二級貧戶了。

平日別看姑侄們，親親有加，沒大沒小，到了就寢前，一聲下令，倒也威嚴十足，三個小蘿蔔頭，無不就範，手捧家庭聯絡簿，一一列隊，請姑姑簽名。這件小事，我也輸她三分。孩子都知道，把家庭聯絡簿，拿給爸爸，只是「畫押」而已，拿給姑姑便沒這麼簡單就通過的，她先看今天老師出的是什麼功課，有沒有一一寫完，有沒有寫錯的，真是家長先改作業，然後再檢查明天老師規定要帶什麼用具，是否要考試，考了沒有，一一檢查審問完畢，才放他們去睡覺。

真沒想到，我們家這位未出閣的大小姐，對於家務的料理，竟是十分的精通內行，將來一定是個賢妻良母，但是現在還不知花落誰家，是世人福薄，老天無眼，或是月下老人睡著了。

一個星期過去了，太太回來了，我們家乾淨如昔，沒有變成豬舍，孩子沒有面黃肌瘦，功課沒有一落千丈，這全都是太太的巧妙安排，拜妹妹未出嫁之賜，我告訴太太：以後再也不怕妳離家出走了，因為我們還有未出嫁的妹妹，可以機動支援。

妹妹是咱家的聯絡官

男生和女生的確有許多不一樣的地方，男生的相處，比較平淡，不如女生的細膩。表現在電話的使用上，最為明顯。我們男人，很少把電話拿來當聊天的工具，通常是有事的時候，才會打電話相互通報。

咱家有六壯丁，只有一位女生，呈陽盛陰衰現象。平時兄弟分散各地，各忙各的，雖然兄弟感情很好，除非必要，也是少有聯繫，互動不多，十足的是現代社會的常態。父母還在的時候，不管子女分散在何處，父母就是家的重心。父母先後往生以後，幸好咱家還有一位妹妹，十分熱心勤快，有事沒事，就會穿梭在我們兄弟之間，互通聲息，才能掌握家鄉和兄弟之間，一些雞毛蒜皮之類的訊息。所以我說，妹妹是咱家的聯絡官。

妹妹的職業是護理人員，具足愛心，每個嬰兒，在她的眼中，都好漂亮！好可愛！她對兄弟的這些小孩，更是寵愛有加。我們兄弟分散各處，下一代也就更疏遠了，可是對我這位妹妹而言，可就沒代溝了。只要這些侄子姪女出現，她就有無限的開心，要什麼有什麼，更是不辭辛苦地四處接送。她只有付出，不求回報，只要我女兒和那幾個頑皮的小男生，叫她一聲「姑婆」，她就樂翻天了。

她的熱心勤快，讓我感覺到，她精神充沛。每次回老家，帶回么弟種植的土產，開了幾個小時的高速公路，到了台北，還要再花幾個小時，四處分送，士林，松山，坪林，新店，這一圈繞下來，也是夠累了。她這種精神和體力，我是自歎不如的。

她是天生愛小孩的，每個小孩子在她的心目中，都是完美無缺的。這些年來，我隱居山中，與外界互動不多，只要她知道女兒的孩子在山上，不論再忙，她都會趕過來。讓我感覺到，她似乎是來看我的孫子，而不是來探望隱居山中的哥哥。可是，她每次一來，又為我準備許多食物，好像深怕這位山中人沒東西吃似的。對她這種愛心廣被，無以回報，只有提供我種植的柑桔，芭樂，樹番茄，百香果等，任其採摘了。

最近，越來越覺得妹妹把聯絡官的角色，扮演得越來越稱職了。她把我們下一代那一批年輕人的「伊媚兒」，搜集得相當齊全，每當有資訊的時候，只要把訊息傳給她，我們整個家族，全部可以收訊得到。我喜歡在報上發表文章，只要把登出的文章傳給她，我們家族，大大小小都可以讀到我的作品。由我自己傳送，似乎有炫耀之嫌，由她來傳播，大家一起來分享，也就自然多了。

妹妹在我們兄弟之間，扮演了相當重要的「聯絡官」角色，少了她，我們兄弟將更加平淡，更加疏遠。

尤其是這幾年，我隱居山中，也常常因為她，山中顯得熱鬧。她常常不辭山路遠，不怕天色黑，來回奔馳。

她，也是我們要感恩的。

她，是我們唯一的妹妹，可是我們照顧她，反而沒有她照顧我們來得多。

古道熱腸那裡找
桶箍角色聯絡橋
幼幼老老愛心廣
有此妹妹令人豪

有此妹妹真是福
任勞任怨不覺苦
付出無悔不望報
此種耕耘世間無

村長弟弟

么弟在老家參與村長競選，最後以極大的差距領先對方，高票當選。在競選期間，我也密集返鄉，參與助選。在這段期間，我才知道么弟在家鄉，人緣很好，人氣很旺，深得民心。尤其是父執輩，歐吉桑、歐巴桑們，都是主動參與，一大早，大家主動聚集過來，士氣很旺。看到那種景象，我就知道準當選無疑。

么弟在家鄉，努力有成，現在又得到為村民服務的機會，我們真的為他感到高興。我們兄弟長大後就離開家鄉，外出工作，只有他願意留在家鄉，實在令人敬佩，而現在他在事業上的成就，也不輸我們任何一個人。

我們有六個兄弟，讀書求學都很順利，前面五個兄弟，都成為公務員，而么弟也是彰化一流的高中，彰化中學畢業的，當時眼看父母逐漸老邁，總有一天無法繼續務農，於是他決定留下來。么弟的決定，正符合父親的願望，也使父親的這輩子，沒有感到遺憾。

么弟的決定、也讓我們兄弟十分感恩。因為他願意留在鄉下，父親有人照顧，我們在外面也就可以安心工作了。

父親在六十二歲的時候，母親先往生了。到了八十六歲，父親也往生了，在這二十多年間，就是么弟和弟媳婦在陪伴和照顧。我們六兄弟相處十分和諧融洽，也很團結合作，只要有事，會馬上趕到，也會共同分担責任和工作。父親也許覺得，農地有人繼續耕耘，而感到寬心。而我們認為田地荒蕪沒關係，父親不能沒人照顧，不能丟他一個人在鄉下。無論如何，父親在都市是住不慣。如果我們六個兄弟都到外地工作，父親勢必要孤單地在鄉下生活，我們在外地，又如何能放心呢？

所以，我們十分感恩么弟的犧牲，放棄升學，放棄追求外面更好的事業。留守在家鄉，陪伴老父安享晚年。平日的相處，或許比病中的照顧，還要來得辛苦，尤其是父親的主觀性格，權威個性，二代之間的想法，難免有一些差異，相處難免有磨擦，那些年頭一定默默地承受不少壓力。想到這裡，內心就湧起無限的感恩。我們應該承受的壓力，都是么弟幫我們分擔了。

老天有眼，么弟的成就並沒有輸我們，他經營的育苗農場，規模龐大，服務了相當多的農民，現在又當選村長，擴大服務的層面。現在的么弟，已經有了他的一片天。人在做，天在看，這是真實不虛的。

這些年來，妻子每個星期都要開幾小時的車程，回娘家照顧獨居的，八十幾歲的老父老母。還好有四個姐妹可以輪流排班照顧，否則，真不知要如何是好。我岳父也有兒子媳婦啊！但是成就很高，不是在美國，就是在大陸。

想到這裡，內心又湧現感恩之心了，感謝么弟，就是因為有您，過去的日子，我們過的比較安心。沒有遺憾。父親調教出來的孩子，與眾不同。感恩么弟，因為有您，使我們的家，跟別人不一樣。

如純弟，謝謝您多年來的辛勞，您的付出，我們很清楚，很感恩。現在您的子女乖巧，又很有成就，這是上天給您最好的回報啊！

哥哥的大作

哥哥請了一星期的假，回到家裡。這幾天，白天我們都去上學；爸媽則到田裡工作。他呢？他是一位「白面書生」，只適於「誤人子弟」；要他出去喝西北風，可是「沒法度」了。

這樣，他呆在家裡，沒有事做，實在也閒得無聊。前天晚上，他竟突然「振筆疾書」，一連加班寫了兩個晚上。我想，一定是在大做他的文章了；所以，我們也就裝著不聞不問了，其實我們也不便過問。

也許他不讓我這「後生」專美於前，而要起來跟我「逐鹿」；果然，不出所料。「作家，請你斧正。」我曾在「新副」發表過短文，沒想到他竟然恭維我「作家」，實在不敢當。要我斧正？慚愧得很，我實在無能為力。

今晚，他才把「大作」公開出來。並且鄭重聲明，這是第一次，如蒙刊登要再接再厲，繼續努力；萬一遭受「打回票」就洗手不幹了。原來他也是一位經不起打擊的人。

這次他是應「戀徵」而寫的。奇怪，他有也「戀愛史」？這真是天大的秘密。雖然他曾住過都市，但是，他還是鄉下的「土包子」；雖然他現在已經拿起粉筆，當了「教書匠」，然而，他還是逃脫不了那點「土」氣，一見到女孩子就會臉紅的哥哥，竟然也有「戀愛史」，這不是天大的消息嗎？

無論如何，一讀便知，所以我們都想先睹為快。當然啦，身為「大弟」的我，自有「優先權」，弟妹們也只好「撲淚」了。

「如果你們看得有意思，我才把它投出去，如果沒意思，燒掉算了。」哥哥興奮的接著又說：「看完，把你們的意見提出來。」他顯得非常有把握的樣子。

我看了二段後，覺得有點問題，所以我馬上提出請教。他卻說：「且慢，等你讀完再說。」

起初實在不很「了解」，讀到後來才恍然大悟，原來如此。讀第二遍，也就覺得輕鬆多了。

實在不同凡響，一鳴驚人，確是獨具慧心的佳作。不過，他又怕不合編者的口味，或是編者顧忌太多。經我們弟妹一致叫好，舉雙手贊成，他才決定把它投給「新副」。

於是，他向我借了四張六百字的稿紙，重新謄寫。並且聲明，刊登後，稿費全數「充公」請客。

一開始，他就向我這「前輩」請教，像題目要怎樣寫啦，要空幾格啦，署名要寫在哪裡啦，住址是不是寫在後面啦，等等，問了一大堆。當然，他的理由也是對的；他說，為了不讓編者知道他是「新手」，不得不請教「內行」。

看他緊張的樣子也好笑。一開始題目就寫壞了。一會兒又抄落一句。為了要合乎整齊清潔的標準，所以寫壞二個字，稿紙就不要了。如此，僅僅一千八百多字的文章，竟花去了我的十二張稿紙。

為了要討好編者，他的字也是慢慢地「刻」。本來就漂亮的字，經他一刻，也就更漂亮了。從頭「刻」到尾，一共花去三小時二十分半，總算「刻」完了。

寫完後，他自己朗讀一遍，又要我當「校對」，替他找出錯別字。

弟弟呢，他自認為是標點符號的「權威」，所以，更正標點符號的任務，也就落在他頭上了。

經我們合作完成後，每人又傳誦一遍。

輪到這位調皮的弟弟時，他帶起爸爸的老花眼鏡，一手拿著稿紙，一手用一個指頭托著眼鏡，半躺著籐椅，嘴邊掛著一絲笑意的說：「這個好！這個好！這篇可以用。我是『小和尚』。」經他這麼一說，我們都爆笑起來，因為我們稱「新副」的主編，為「小和尚唸經」。

「如果刊登，我也要感謝你們二位的功勞。」

「哪裡哪裡，這是哥哥的文采的表現。」我說。

終於，要把它裝進信封了。結果，問題又來了；他完全是「外行人」一切需要「指導」。

到現在，總算全部完成，不過，還有些「善後」，尚待處理。

那一堆用壞了的稿紙，怕父親看見，所以要全部燒掉，背面的空白，也不讓我做計算紙。

他第一次投稿，很怕父親發現。剛才重新謄寫的時候，他的旁邊還放著一張報紙；聽到父親的腳步聲來到書房時，他趕緊放下筆，用報紙蓋著稿紙，裝著看報的樣子。我們在旁邊，幾乎忍不住要笑出來。

那一封裝著「希望」的信，他也要我藏好，免得父親看見。他要我明天拿到彰化去投郵。

萬一被父親發現，信封上寫著「戀徵」二字，一定會被父親打開審查，到時候事情就不妙了。

這天晚上，我們所有的時間，都被哥哥這篇「大作」剝奪掉了。

從明天起，我們就要天天等待著好消息了。哥哥今晚可能要失眠了。

哥哥這篇別出心裁的「大作」，登出的可能性相當大，我們又可「油」一頓了。哥哥也因此而一舉成名天下知，更躋身於作家之林了。

哥哥的留戀

哥哥的紅單子（徵召令），已經來了；再過一星期，他就要去當三年的空軍了。

雖然他說，慶幸著要過規律的生活；但是，他內心的那股離愁，也是不可抑止的。家鄉究竟是令人留戀啊！

這幾天，我們一直都是跟他在一起。這星期過後，要再有相處的日子，得等到三年以後了。

這幾天，哥哥總是起得特別早，到野外散步。他對朝陽、小鳥、小草以及露珠們，似乎都有不盡的眷戀。

每當黃昏的時候，他總是凝望著晚霞，留戀著夕陽。他數著說：「這是我當兵前最後的第三個黃昏。」是的，再過三天，他就要入營了。但願軍中還有比這更美、更令人留戀的傍晚。

我總是陪著他，散步在這條小徑和那橋上。今天，他似乎有更多的懷念。他徘徊在這條小徑上，一次又一次；他說：「今天是最後一天了，明天我就要跟你告別了；所以，我要盡情的在這裡走走。」

我們又走到了橋上，聽著橋下的水聲潺潺；我們想到去年夏日的垂釣。又看看那寬闊的水面，我們也曾在那兒游泳過。這一切恍如昨日，哥哥留戀地說：「要是我們能再一起下去游一次，那該多好。可惜，我明天就要離開了。」

三年的時間並不短，並且它會改變一切。哥哥說：「三年以後，我退伍的時候，你已經大二了，重音也高二了，妹妹也初三畢業了，最小的弟弟也正準備升初中了。啊！真快，我入伍時她考上，我退伍時她已畢業了。」三年，我們都變了，但願我們都能順利；哥哥退伍的時候，但願我是一位大學生，他又說：「三年以後，或許我們已經反攻大陸了，或許我們的家園改變了，或許我們增加了幾幢房子，或許農地重劃了。也許這條小徑也改變了，我種的那棵石榴，也一定長高了不少。」

晚飯時，他說：「這是在家裡最後的一頓晚餐，明天還有一頓早餐；再下去，就要過著數饅頭的生活了。」

我們吃得很慢，因為，這是分手前的一次聚餐。

今晚，我們都睡不著。躺在床上，我知道哥哥一定在回憶著往事。今天，我們所剩的就是許許多多的「最後一次」。凡是日常所接觸的，現在對於哥哥，都是「最後一次」的了。明天，他就要入伍了，怎能不使他眷戀，尤其是那隻可愛的「小黑」？

他說：「軍中的生活，一定比家裡更好。但是現在要離開這些熟悉的事物，總會感到依依不捨。」

我知道，他對於家裡的一草一木，一事一物，都覺得可愛，並且有過多的眷戀。現在，離愁一定縈繞著他整個的心。明天，明天他就要離開這可愛的家園了。

軍中生活等待著他，那是年輕人光輝前程的開始，祝福哥哥。

我經歷的農家生活

現在偶而回到童年生活的農村，發現農村生活型態，變化很大：我童年經歷過的農家生活，現在已經看不到了。台灣農村，從五〇年代到八〇年代，這三十年變化最大，從純勞力，進步到半機器，再發展到機械化，自動化。

我的成長過程，完全參與了農家生活的一切，見證了台灣農村變遷的過程。

農家的工作，除了插秧和割稻，是由團隊負責，工作緊張，小孩子幫不上忙，其他所有的農家工作，每個小孩都要參與。現在插秧已經機器化了，秧苗由育苗中心，照機器的規格提供，農家不必自己育苗。我小時候就不是這樣了，秧苗必須自行播種，種子剛灑下去那個星期，我就有得忙了，父親給我的工作，就是要趕走雞鴨和麻雀。苗圃的四週有網籬圍起來，雞鴨偶而會鑽進來偷吃稻子，最麻煩的是要趕麻雀，成群的麻雀有數百隻之多，對秧苗傷害很大，趕走了，馬上又飛來，不勝其煩。讀初中以後，育苗期又碰到期末考的溫書假，父親也要我拿個板凳，帶著課本，到苗圃邊，邊看書邊趕麻雀。

插秧之前要先犁田，早期用牛犁田，容易有土塊，稻子收割後，根種結成土塊，會凸出不平整，而且結成硬塊，不利插秧，我們就在父母帶領下，一起在田中踩「稻頭」，那時候覺得很好玩，就是在玩泥巴踩泥巴。這段經歷並不長，進入鐵牛耕耘機的時代，就不必這麼麻煩了。

插秧的技術性較高，行間要等距平直，深度恰到好處，小孩子不必做這麼高難度的工作，但是我必須協助秧苗的搬運，我是用腳踏車運送，供應十二個插秧工人，無法偷懶。這個工作一直做到大學畢業。

割稻的工作，有危險性，速度要快，很緊張。我不必參與割稻，但，必須負責補充茶水冰水，同時要撿拾遺落的稻穗。過去窮苦人家很節儉，看到有人割稻，就會來撿拾遺落在田中的稻穗。農家很鼓勵這種惜福的行為，如果點心有剩下，也會讓這些拾穗的小孩子享用點心。現在，在農村已看不到拾穗這一幕了。

拾穗是好事，但也有不誠實的小孩，會偷拿稻穗，因而，我的工作除了要拾穗之外，也要監督這些拾穗的小朋友，不能偷稻穗。

稻子收割後，馬上要晒稻穀，在烈日下，在晒谷場，反覆翻晒。這個工作，小孩子是幫得上。最麻煩的是，遇到西北雨的時候，必須迅速地把稻穀收拾成堆。我和爸媽三人一組，一人拿把手，兩人各拉一條繩子，把平攤在地的稻穀，推集成堆，這時左鄰右舍也會趕來協助掃地，收集成堆後，再用帆布蓋起來。

每次遇到西北雨，就是最緊張的時刻，也是總動員的時刻，左鄰右舍不管你在做什麼，都會放下手邊的工作，大家一起來幫忙。

現在農家這種曬稻子的景象，也已經看不到了，現在用機器割完稻，直接送進烘乾機，連曬穀場也不必設置了。

其他還有很多已經消失的工作，像用「風鼓」吹掉灰塵和不成熟的稻子，最少要有一組三個人一起工作。

最後還要把曬乾的稻子，收進穀倉，整個工作才算完成。

農家生活變化最迅速的三十年，我全經歷過了。這一代已看不到這些景象了。

木棉樹

印象中的木棉樹，是一種非常雄偉，威武的英雄樹。在台北市種了不少木棉樹，每一次經過忠孝東路、光復南路，或者到國父紀念館去散步的時候，總要特別去留意，種在馬路中間的木棉樹，如果不特別去留意，幾乎認不出那是木棉樹了。台北的木棉，為什麼被折磨成如此不成樹形，它的英姿那裡去了。

我是從小看著木棉樹長大的人，在家鄉馬路邊堤岸上，到現在還有著三棵巨大的木棉樹。那是大哥讀初中的時候種植的，到現在已經有三十多年的樹齡了。

如果您是生長在台北市的人，如果您沒見過鄉下的木棉樹，那麼，您一定不相信，木棉樹是威武的英雄樹。

木棉的樹幹挺直，全身佈滿錐狀的刺，是非常講究規則的樹，主幹絕不彎曲，分枝有一定的位置。每年分出一層，十分有規律，只要算一算這棵木棉，分枝分了幾層，就可知道它已經活了幾年。最底下一層，因時間最久，往四周延伸分佈越廣，越往上，年資越淺，分布的範圍越窄，所以整棵樹形，成了金字塔的形狀。

像我家鄉種的那三棵木棉，每年到了冬天，葉子掉光，還是金字塔的形狀，每層間隔的距離明顯，一層一層地往上數，數到三十層的時候，已經無法再數下去了，因為木棉樹的確太高了，真可用聳入雲霄來形容，而且長得越高的時候，層間的距離，越縮短，最高點看不清楚，當然也就無法數出來了。

每一次返鄉，遠遠地看到三棵木棉樹矗立在路邊，就可聽到老家的呼喚了。每一次返鄉，總要算一算木棉的樹齡。看木棉不斷地長高，樹齡不斷增加，自己也由童年而少年，由青年而壯年，逐漸步入中年，不禁令人感歎歲月之匆匆。

木棉到了冬天是會落葉的，但請不要為木棉的落葉而惋惜。木棉落葉之後，別有一番蒼勁之美。沒有木棉的落葉，怎會有木棉花的驕艷呢？春天一到，整棵木棉樹，開滿了花，幾乎每一個能發芽，生長葉片的地方，都要開上一朵火紅的花，就像在木棉全身的每一角落，都掛滿了火紅的燈籠一樣的壯觀。當您看了木棉開花的這種氣勢，您就可以體會到它生命力之豐沛了。

木棉開花之後，是要結果的，它結的果，成熟晒乾之後，就是一團棉絮了。小時候，我們經常在它還沒完全乾之前，就拿著竹竿，把它打下來。否則等它乾掉之後，稍微撞擊，就是棉絮滿天飛。我們家裡的枕頭，幾乎都是媽媽親手用這些棉絮，縫製而成的。

在台北這幾年，每當開花的季節，我總是特別去注意，台北的木棉是否開花？每一次總是讓我失望。有些是不開花，有些僅開了寥廖數朵，不像家鄉的木棉，一開花就是火辣辣地，掛滿了全身。

奇怪的是，台北的木棉開花之後，也是不結棉絮的。台北的木棉樹，都是種在馬路中央的分隔島上，要是結了棉絮，在快車道上，也不可能採摘；待它成熟晒乾，弄得棉絮滿天飛，恐怕又是一種污染了。上天不讓台北的木棉開花結果，何嘗不是一件美事。

台北的木棉，不僅不開花不結果，它的枝幹，好像也被壓迫扭曲了，覺得很不對勁。沒有挺拔的樹幹，沒有金字塔的外形，沒有層層分明的枝葉，好像被打了折扣似的，勉強在那裡掙扎生存著，它們好像活得很不快樂。

您看，鄉下的木棉，活了三十多年，經過了多少強勁的颱風，沒有被吹倒，足見它的根能深入大地，抓緊泥土。但是，當它被移植到都市，成為行道樹的時候，它的根，受到柏油和水泥的壓迫，無法自由的伸展，每天呼吸熱空氣，使樹葉蒙塵，無法挺起腰幹，真是英雄樹無用武之地，只好苟延殘喘。看它的樣子，好像是在責怪多事的人類，把它們移錯了地方。

清清您的鼻子，看看您的衣領，要想長命百歲，恐怕求之不得，想圖個耳聰目明，也很難了。長此以往，遭殃的不止是人類。數年之後的台北，恐怕連鳥也不語，花也不香，木棉樹也不開花了。

稻草

堂嫂八十幾歲去世時，我回到鄉下。

「悲傷沒有用，該做的事，還是要趕快進行。」堂兄鐘漸說。

堂兄的年紀更大，耳聰目明，思路清楚，開始親自指揮工作。

「這些稻草，三年前就準備好了。前幾年，村裡的喪家，到處找不到稻草，所以，我在屋後藏了六捆稻草備用。」有先見之明的堂兄又說。

人無遠慮，必有近憂。堂兄很有智慧，相當細心。村裡有好多高齡老人，隨時會有狀況發生。

聽了堂兄這番話，我才知道，現在連出產稻草的鄉村農家，也已經找不到稻草了。現在的稻草，似乎已經沒有什麼用途了。在治喪的過程中，依民俗的規矩，必須使用到稻草，這恐怕是稻草僅存的，唯一的用途了。

隨著堂兄的談話，我陷入了沉思，思緒回到了從前，想起了小時候，在農家生活的種種情形，特別是跟稻草有關的一些小事。

如果不留意的話，的的確確不會注意到這些問題。在過去的農家，稻草是很主要的燃料，煮飯燒菜，煮開水，都是靠廚房的大灶。使用的燃料，不是木材就是稻草。在過去的農村，稻草是很受到珍惜的，稻子收割後，稻草要好好儲存起來，以備整年之用。

農忙時節，稻子收割後，農人還必須以人工的方式，將稻草結成一束一束，然後撐開，讓稻草豎立起來，曬乾後再挑回家。家家戶戶都會把稻草堆積起來，形成圓柱形的草堆，並直接用稻草，搭成尖尖的屋頂，如此就可以避免雨水滲透進入草堆，可以保持稻草的乾燥。

小時候，我們都要參與這些工作。將稻草從田裡挑回家，這是一件很苦的差事。表面上看起來，稻草好像很輕，但是把一束一束的稻草，結成一捆，那就很重了，雖然母親會刻意把量減少一點，還是很重，又要走很遠的路，幾天下來，肩膀痛得要命。在印象中，小時候扮演父母的小幫手，這是最苦的差事。

從田裡把稻草挑回家後，還要幫父親築「草捆」，父親負責建築「草捆」，而我必須擔任傳遞稻草的工作。草捆越築越高，父親站在草堆上面，而我則在底下，將稻草往上丟，父親在上面接住稻草後，排列整齊，築成圓形的「草捆」。

農閒的時候，母親會利用時間，抽出稻草，將一把稻草折成二三折，打個結，大小正好可以塞入灶口，台語叫「草茵」。我們小孩子，負責搬運，把「草茵」抱到屋簷下，屯積排列整齊，以備燒火之用。

農家的生活，時間充分利用，農忙時有農忙時的工作，農閒時有農閒時的工作。按部就班，井然有序。

現在的農村，已經看不到這種景象了。「草捆」，「草茵」不見了，連稻草也不見了。農村人力缺乏，工資昂貴，稻草已經沒有人利用了。叫桶瓦斯，省時省力，使用起來，方便極了。稻草在田裡，只要放一把火燒了，就解決了。用任何一種方法處理，都是換不回成本的。

稻草在傳統的農業社會，用途不少，除了當燃料外，還可以編成草席，結成草繩，做成紙漿，搭建茅屋等等。可是，現在卻因為搬運處理的工資昂貴，被其他科技產品取代了。

尼龍塑膠品代替了一切，稻草的功能式微了。

稻草已經不被珍惜了，不要說在都市，就是在農村也是一樣，想找一束稻草，那是相當困難的。

在目前尚未被廢除的民俗中，治喪時必須用到稻草，至今稻草，幾乎成了唯一的用途了。

堂兄思慮周密，他早就發現了稻草的式微，在時代的浪潮中，幾乎要被淘汰。同時他也注意到，在人生的最後一站，還是要用到它。

放學回家後

現在的孩子，下課後都做些什麼事呢？打電動玩具，上網，線上遊戲，看電視，成群結隊出遊，飆車，追逐偶像歌手，用功的同學就要上補習班。我的學生時代，沒有這麼複雜，沒有這麼多彩多姿。高中畢業以前，我上學是靠走路，或是騎腳踏車。每天往返於家庭和學校之間，放學立即回家，從不敢在外面逗留，生活單純得不知道外面是什麼樣的世界。

農家的小孩，放學回家後做些什麼事呢？鄉下的小孩，那有玩具，所有的童玩，都是自己創造的；可是事情卻是做不完。孩子可以做的事情很多，掃地就是每天放學回家，必須要做的固定工作。掃地不是掃屋內，而是打掃庭院。

農家的庭院很大，雖然每天打掃得很乾淨，可是放學回家，又變得很髒，因為家裡養了很多雞鴨鵝，我們掃地，不是掃落葉，掃紙屑，主要是掃雞鴨的屎。

我們每天要清掃的庭院，可以分成幾個區塊，廳堂前面那一塊，最乾淨，最好掃；廚房後面那一塊，最髒最難掃，因為雞舍就在那裡，那一塊，正是家禽活動的空間。每天放學回到家，第一件事，就是把地掃乾淨，否則很容易踩到雞屎。這件事，我們幾個孩子會主動把它做好，不必父母交待。

每個區塊，打掃的難易度不一樣，大家難免會挑容易掃的，搶先去掃。於是我這個帶領弟妹掃地的「孩子王」，就訂下了遊戲規則，我們就玩起抽籤的遊戲，抽到那一塊，就掃那一塊，十分公平。有時候也採輪流制。那時候，我們已經知道什麼是公平了。

記得那時候，我的運氣不是很好，經常抽到雞屎最多，最難掃的那一塊。可是我也能自得其樂，邊掃邊玩。那時母親養了一大群火雞，野放在院子，掃地時趕過來，趕過去，牠們不怕人，隨時周旋在你身邊，牠有個特性，只要我「咕嚕咕嚕」地叫幾聲，成群的火雞也會跟著大聲叫起來，很好玩。我就是這樣邊掃邊玩。

母親喜歡養雞，父親則喜歡養豬。父親知道豬愛乾淨，豬舍每天掃得很乾淨。父親打掃豬舍的時候，我要幫忙提水；父親在豬舍裡面清掃，我要站在旁邊看，水用完了，趕快再去提水。我一直扮演著父親的小幫手。

母親種菜，父親要施肥。以前肥料很貴，而且是限量限購，或用稻穀去換。菜園所施的肥，就是我們的尿、糞、豬屎，都是寶貴的有機肥。

家裡的尿桶滿了，我和父親一起挑去澆菜；糞坑滿了，我和父親一起挑去菜園施肥；豬舍的糞坑滿了，我和父親一起挑去施肥。父親養了很多豬，而且每天清洗豬舍，糞坑很快就滿了，大概三天就要清一次。在記憶中，和父親一起挑肥，也是我放學回家後，除了掃地以外的一項重要工作。

我想，不是只有我們家的小孩要幫忙做事，更清苦人家的小孩，要做更繁重的工作。在那一個年代，每個農家的小孩，都是父母的小幫手。

現在我回到鄉村，農家的景觀改變了，已經看不到過去的生活景象了。

現在的農家，很少有人在養豬了。院子裡，雞鴨成群的景象，也已經不見了。現在的孩子，讀了我這篇文章，恐怕會認為是天方夜譚了。

用水大不易

現在我住在山上，還是沿用古老的方式，飲用山泉水。這個山區的山泉水，水質乾淨，不受污染，飲用沒有問題，除了找水源，接管費工費時外，用水不要錢，算是一大福利。家家戶戶自接水管，水源源不絕地流著，除了因為用水不要錢之外，他們要的是流動的水，而且可以掌握水源是否中斷。

可是我的用水習慣，就不一樣了。同樣是用水不要錢，而我的水龍頭緊閉，滴水不漏，仍然節約用水，捨不得讓水無謂地流失。這是我從小就養成的用水習慣，好的習慣，會影響一輩子，不管環境如何改變。

記得小時候，家裡的飲用水，就是靠一口水井，是整個宗族共用的。萬一碰到左右鄰居同時要取水的時候，那就要排隊了。到水井打水挑水，也就成了童年深刻的記憶了，這是年輕一代，不可能有的經驗。

以前，家家戶戶的廚房，都擺了大水缸，每天下課回家，我們兄弟就要負責提水挑水，把水缸的水儲滿，才能去做其他的事。從水井中把水打上來，是要有技巧的，必須經過多次的練習才能上手，尤其是在秋冬枯水期，水井很深處才有水，繩子要很長，才能提到水。先用小鉛桶把水打上來，倒進大型的木製水桶，再挑回家中的水缸，來回數次，才能把水缸儲滿。

在取水的過程中，也會有些意外。將鉛桶綁上繩子，放進井中，快接近水面時，必須用力擺動繩子，讓鉛桶翻轉，才能取到水。有一次，在甩動繩子時，竟然把鉛桶的把手甩掉了，桶子掉在井中。大家正在苦惱的時候，我靈機一動，拿了一根很長的竹竿，在頂端釘上一根長釘子，我想利用釘帽來卡住鉛桶的邊緣，把桶子慢慢拉上來。就在大家苦思不得其解的時候，我這個設計，果然奏效了，成功地把水桶，從井底撈上來了。當時為了這個創意，得意了半天。現在回想起來，那時，小小年紀的我，的確很會用腦筋。

取之不易，使用要節省。不必別人來教，自己就懂了。

從古井取水，慢慢進步到，抽取地下水，用人工打水，省去了挑水之苦，再進步到用馬達自動抽水，而現在的農村，也是家家戶戶有自來水。從農村用水這件事，也可以觀察到台灣鄉村，進步的軌跡。

我們常說，農人是靠天吃飯，主要是看老天要不要給水。家裡耕耘的是水田，種的是水稻，用水取之八堡圳，萬一乾旱，水溝缺水，只有期盼老天下雨，而現在也是進步到，抽取地下水來灌溉了。

水，的確是我們養生活命的根源。在許多災難的現場，能夠奇跡似的存活下來，就是靠水，沒有水就是靠自己的尿。水對我們的存活，關係重大，當我們面對水的時候，有幾人能心存感恩呢？

現在台灣鄉村，不論如何偏遠，大概家家戶戶都有自來水了。可是當我回歸自然，住到山上的時候，才發現山中的住戶，還是跟百年前一樣，沒有自來水，還是在使用山泉水。

有水當思無水之苦。不要因為取之容易，而忽視它，不去感恩它。

我是用莊嚴的態度來用水，愛水，珍惜水，感恩水。

看似平凡俗
不可一日無
須知甕中水
滴滴皆辛苦

用水大不易
無水無能替
片刻不能離
感恩知珍惜

倒退的環保

我是民國三十六年在彰化縣的一個小村莊出生，一直到民國六十一年，才離開農村，到台北定居。我住在鄉下的時候，從沒有看過垃圾車來收集垃圾。

當時的家裡，都不製造垃圾嗎？當然有，但是不多。當時有一個很重要的觀念，那就是，來自大自然的東西，人們都可以讓它回到自然。

那個時候，學校裡面沒有所謂的環保教育，也沒有人在談環保問題，更沒有人在談垃圾減量，垃圾分類。那時人們都有自己的想法，自動自發，可以做到，完全不需要垃圾車到農家收集垃圾。

這是得力於農家空地多，可以自己做堆肥。雜草、落葉、果皮、雞屎等，只要能腐化的東西，農家都會好好收集利用，這是農作物很需要的有機肥。小時候，我也經常跟父親一起挑水肥，來澆淋這些堆肥，以加速它的發酵和腐化。我也曾經和父親一起用「鐵插」，翻攪這些堆肥。

至於廚餘，則用來養豬，養雞。

如此一來，農家已經沒有什麼廢棄物了。

除了堆肥和廚餘，不能變現之外，其他的東西，都是有價值的資源。在那個年代，「有酒矸倘賣無」，在鄉村是經常可以聽到的叫賣口號，三天二天，就會有人來收買，行情不錯，有的按斤收買，有的是按件計價。印象中，最有價值的是，牙膏用完後的空殼子，一個可以賣幾毛錢，我們小孩子會搶著偷偷自己私藏自賣，賺外快。大件的東西，像酒瓶，鐵器，紙類，都是父親統一處理。

那個時候，學校沒有教，政府沒有宣導，可是家家戶戶都在做。完全沒有垃圾的問題，沒有環保問題，當然也沒有污染問題。屋邊的小河，成群的大肚魚，隨便用畚箕就可以撈到。

現在我再回到鄉下，情況不一樣了，農家不再設置堆肥場了，垃圾車定時來收集垃圾了。

您一定會說，現在科技進步了，發明了許多無法回到大自然的東西，過去沒有塑膠袋、寶特瓶、農藥、保麗龍，現代人又喜歡使用這些東西，量大難以處理。

這是事實，但並不是無法處理，同樣是可以回收的資源，只不過是不珍惜罷了。以前沒有在宣導垃圾分類，家家戶戶自動分類得很好，不會把玻璃丟到垃圾中，會傷到自己，現在亂丟沒關係，因為傷到別人，沒有感覺。

我想最主要的癥結是，現代人缺乏愛物惜福的觀念，對物不珍惜，以為只要有錢，消費是他的本事，消耗資源當享受，管他地球有幾個。

富裕使人腐化，看不起小錢，只想賺大錢。只想做大事，不想做小事。環保是家家戶戶，每個人的大事，不是小事。每一次看到在宣傳環境保護，垃圾分類，垃圾減量，我就想到，五十年前，台灣鄉村的環保，垃圾分類，垃圾減量，做得比現在好太多了。

如果我們的心態不改，不愛物，不惜福，不珍惜有限的資源，再多的宣導，再多的環保團體，都沒有用，我們的環保，還要繼續倒退下去。

貧窮才知寶
奢華胡亂搞
物難盡其用
福盡日難熬

不知有環保
四週真正好
天天喊環保
污染不得了

小時候的廁所

這次回到鄉下老家，看到弟弟把老家翻修，改建得美侖美奐，特別引起我注意的是，房間都是套房，都有最新的衛浴設備。

看到現在台灣農村這麼進步，使我回想到過去，自己成長過程中的點點滴滴，又浮上了心頭。我常常說，從任何一件事情，都可以看到台灣進步的軌跡。

現在的農家，有了現代化的衛浴設備，而我小時候呢？我真想不起來，那個時候是在那裡洗澡？那時候，屋內沒有浴室設備。也沒有洗手間，只有在「紅眠床」房邊圍個布簾，裡面放個尿桶，屎桶，就是上廁所的地方。

尿桶快滿時，父親才會要我和他一起挑去菜園澆菜施肥。很奇怪，那時屋內放置尿桶，並不感覺有異味。真應驗了「久處芝蘭之室，久而不聞其香」。這句話。

時代是進步的，在化糞池還沒有發明之前，不論多有錢的人家，房子蓋得再漂亮，屋內還是沒有廁所。這是沒辦法的事。傳統的嫁妝，少不了屎桶，尿桶，腰桶。母親還留下木製的屎桶，洗得很乾淨，保存得很好，我想拿來當古董保存，可是卻找不到了。不要嫌它髒，古代的尿壺，不是有很多人在收藏嗎？裡面保有許多歷史的記憶，畢竟這是已經消失的日用品了。

屋外設置糞坑，已算是不簡單的人家了。這個「便所」，四週用木板圍起來，門口圍著草席，沒有屋頂，挖個深深的糞坑，蹲在二塊磚頭上，就可上大號了。

糞坑只有一個，家中人口不少，記憶中好像也沒有排隊急著上廁所的印象。

我父親是相當進步，有遠見的人。在我們村莊，是第一個用磚造房屋蓋廁所的人，化糞池尚未發明，還是採用糞坑的方式收集水肥，我還是一樣，定期要和父親一起挑糞去菜園施肥。那個年代有這樣的廁所，算是頂級的，豪華的，也引起左鄰右舍的側目。

很多人到大陸旅遊回來，喜歡拿大陸的廁所當趣聞，當笑談來議論。我想如果跟我有一樣的生活經歷的人，也就見怪不怪了。台灣的廁所也曾經如此啊！只不過是我們進步比較快罷了。

現在的洗手間，是廁所和浴室結合在一起。過去屋內沒有廁所，當然也沒有浴室了。小孩子用木製的大水盆，台語叫「秧船」，這是過去插秧時的用具，在院子裡露天洗澡。大人可能是關在房內洗澡，我不是很清楚，而我呢？我有記憶，懂事以後，我記得是在破舊的倉庫，我自己清理一個角落，當做洗澡之用。當然是要自己燒水，自己提水。後來父親蓋了磚造廁所，同時也蓋了洗澡間，那只是個空間，仍然要自己燒水，自己提水。

現在的廁所，已經成為文明的指標，畢竟這是生活中，必要的設備。因為它代表一家的生活水平，所以爭相爭奇鬥豔，極盡奢華。當然這是人類文明進步的象徵。

不過，由儉入奢易，由奢入儉難。像我們這一代，曾經歷過這樣的生活，所以可以過簡簡單單的生活，能夠到處隨遇而安。曾經有過這樣的生活歷練，何嘗不是一件好事。

半夜洗相片記

父親在日據時代，開過寫真館，是個專業攝影師。我在童年的時候，經常玩起拍照的遊戲，五弟就是我拍照的對象。稍長大後，我就可以拿真正的照相機拍照了。初一的時候，我就是家中最會拍照的人了，常得到父親的讚美。小小年紀就具有新聞眼，能夠隨機地捕捉到最自然，最美的鏡頭。現在我的兒子是專業的時尚攝影師，正在紐約工作。我們家一脈相傳，具有父親優質的基因。

初中的時候，班上有個家境富裕的同學，名字叫劉世昌，立志長大後，要開電影公司，對我特別好，已經把我網羅在他的旗下，當男主角，家中有好幾部照相機，都會拿來借我使用。可惜初中畢業後，跟這位同學就失聯了。未曾當過演員，成了我這一生小小的遺憾。

由於初中的時候，就喜歡攝影，因此與小鎮上，唯一的一家照相館的老闆，也變成好朋友，他經常免費借我相機，帶到學校，幫同學拍照。那個年代，照相機不像現在這麼普及，還算是奢侈品。父親一定不知道，何以我一拿到相機，很快就能上手，且能拍出好照片，說不定，他還以為我是個天才，其實是有內幕的。

學校沒教的，只要有興趣，就會自己去摸索。那時候，在攝影方面，有二項自己很得意的手法，沾沾自喜，到處炫耀。一是，在黃昏的時候，運用逆光攝影，人相全黑，面對一個光圈。姿勢擺對了，與太陽的角度，恰到好處時，畫面很漂亮。二是重複拍照，第一次拍人像，稍微放大後，把人像剪下來，貼在國外的風景上。從月曆上，很容易可以找到國外的風景照。比方說，把人像貼在阿爾卑斯山下，然後再重新拍一張，洗出來後，就是一張人沒出國，就有了到阿爾卑斯山一遊的照片了。那個時代，少有人出國，我用這種技巧，也玩得不亦樂乎。

初二時，看到理化課本，有一頁洗照片的流程圖，引起我自己沖印照片的動機。於是請教熟識的照相館老闆，何處可以買到洗照片的材料。於是，趁放學的時候，在彰化市找到這家材料行，買了感光紙，顯影劑，定影劑，開始計劃要洗照片了。

沒有暗房的設備，想洗照片，只有利用晚上，大家都睡著了，半夜爬起來洗照片了。於是我找五弟來當我的助理，其實只是壯膽而已，開始進行這項計劃。

那是個沒有電視的年代，在鄉下，大家都很早就睡覺。父母一旦睡覺，那就是我的天下了，我就可以跟五弟來進行我的計劃了。

可是偏偏我們要進行計劃的那個晚上，客人來了，而且跟父親聊到很晚，還不回家，這是少有的現象，我跟五弟在房間內急得要命，不停地看時鐘，心中不停地催促，怎麼還不回家。

為了營造夜已深的景象，我跟五弟也躺到床上，假裝睡覺，唯一的目的，就是希望客人趕快走，以便進行我們的計劃。

好不容易盼到熄燈了，知道客人回去了。於是，我和五弟趕緊躡手躡腳地下床，開始展開工作。五弟幫忙提水，準備碗盆，我用書架起支柱，鋪上一塊玻璃，拆下媽媽房間的燈泡，拿來感光用。簡易的冲印照片的感光設備就算完成了。

碗盆準備好了，開始泡藥水，裁割相紙，一切準備就緒，開始洗照片了。把感光紙壓在底片上，打開燈光，幾秒鐘而已，瞬間感光完成，再丟進顯影劑中，泡個幾分鐘，影像就呈現出來了。隨後再浸到定影液中，影像就不會消失，最後曬乾，就算完成了。

工作進行中，難免會發出聲響，不知是吵到了母親，還是母親正好要起來上廁所。母親下床後，準備開燈，可是燈不亮，仔細一看，發現燈泡不見了。

這下子，母親開始緊張了，把父親叫起來。

「會不會有小偷來了，怎麼回事？燈不見了。」母親緊張地說。

父親也起來了。果然找不到燈。

這時，我和五弟知道事情不妙了，把父親母親都吵起來了。我倆默契很好，即刻鑽進蚊帳中，蓋上棉被，假裝呼呼大睡的樣子，心中則是忐忑不安，不知會不會惹火了父親，所以，耳朵還是很專注地聽父母的反應。

父親走過來了，看到桌上的碗盆，還有藥水。

「在做實驗啦！」父親，恍然大悟地說。確定不是小偷，知道事情的真相後，他們又上床睡覺去了。

確定父母都上床了，夜晚又恢復寧靜下來，我的心，才算安定下來。

父親說得不錯，這是我的實驗課。

每次我們兄弟聚會的時候，五弟最喜歡複習我小時候講過的故事，可是有他參與的這次半夜洗相記，却從未聽他提過，可能早被他遺忘了。

從小搞創意
助手是親弟
往事數歷歷
親情始終記

童年記憶深
手足情更真

往事常珍惜
唱和笑談溫

叫賣聲的感動

很久沒有聽到流動的叫賣聲了。

在大都會中很難聽到，遷居山中，算是鄉下了，也是不容易聽到。偶而聽到修理紗窗紗門的叫賣聲，引起許多回憶。主要是，傳統的叫賣聲，越來越難以聽到。

偶而聽到收買舊電視，冰箱，電腦的叫賣聲，跟傳統的「古物商」，收買「歹銅舊錫歹鐵仔」，也是大異其趣。

傳統的叫賣商，都是用人力推車，腳踏車，而現在則是使用發財貨車，用錄音，擴音器叫賣。

傳統的流動叫賣，種類繁多，舉凡與生活有關的家庭百貨，都會有人出來叫賣。

我是在鄉下長大的，記憶深刻，印象鮮明的，大概跟童年的生活有關。收買破銅爛鐵的叫賣聲，「有泗矸徜賣嘸？」最常聽到，這是小孩子零用錢的來源。農家飼養家禽家畜，除了過年過節，拜拜打牙祭之外，也是用來貼補家用。「有雞鴨徜賣嘸？」也是一種叫賣聲。母親養了很多雞，也是用來貼補家用。每次賣雞的時候，小孩子要幫忙追趕抓雞。以前都是野放，不像現在關著養。

叫賣聲主要還是賣東西居多。印象中很深刻的幾個小人物，很有趣。隔壁村有個賣魚的，名叫「興仁」，他用腳踏車後座載著籃子，到村莊挨家挨戶賣魚，一籃子魚能賣多少錢呢！農家很節省，捨不得買魚來吃，快到中午的時候，會來找母親幫忙，把剩下的魚，很便宜全賣給母親，都是便宜的，魚刺很多的「狗母魚」，母親就用來做魚鬆，給我們帶便當用。

還有一個賣「蚵仔」，更辛苦了。年紀不小了，講話的聲音很痧痖，我們都叫他「痧聲仔」。他用走路的，從鹿港挑著一擔牡蠣，天未亮就出門，邊走邊賣，走到我們家，差不多將近十五公里。每次他來，父親知道他的辛苦，一定會跟他買。在當時牡蠣是高級食物，如果沒有這位老人家的辛苦，我的童年大概不容易吃到蚵仔。這一號人物，是我們兄弟常懷念的。

更有趣的，是一個賣茶葉的，從員林騎腳踏車，載著一大袋茶葉，至少要騎二十公里，才會到我們家。在我們那個聚落，只有我的父親跟他買茶葉，跟父親很聊得來，一聊就是好幾個小時，中午就留在我們家吃飯。每次一來，就要耗上半天的時間，也不過是賣二斤茶葉而已，我不知道他一天能賺多少錢。每隔幾個月，就會看到他來，他似乎是來探望老朋友，而不是來做生意的。

這些流動商人，與大人互動較多。過去的村落，很少有外人來，這些沿途叫賣的流動商人，好像是聚落中的定時常客，眼看著父母跟他們互動，那種亦友亦商的情景，給我們這些小孩，留下深刻的印象。

當然，也有許多流動叫賣商，跟小孩有關的。「來剃頭喔！」剃頭師騎腳踏車，帶著小箱子，到村莊來為人理髮，大人小孩都有，在樹下，坐在板凳上，就開始剃頭了。當時這種生意，沒有競爭，都是同一個人，定期會來，而且很便宜。

這位剃頭師的弟弟，是專門修理皮鞋，也是騎腳踏車，載著特製的工具箱，木箱上還寫著標語，一邊寫「修理皮鞋」，另一邊寫「皮鞋修理」，他的叫賣聲是「皮鞋修理皮鞋」，省略得有趣，小孩常學他的叫賣聲。

現在的鞋子，堅固得很，不論是布鞋還是皮鞋，很少聽說，穿到破了壞了才丟棄。初中高中，我讀的是在八卦山上的彰化中學，可能是上下坡度大，或是科技因素，學生時代的鞋子，很容易就穿破。有時已經穿破了，還是繼續穿。星期假日，聽到「皮鞋修理皮鞋」的叫賣聲，我就感到一陣興奮。我們小孩子圍著看他修理鞋子，也覺得很好玩。

另外有一些叫賣聲，是針對小孩子而來的。這類叫賣聲，對小孩子有很大的引誘，偏偏農家的小孩，根本沒有零用錢，父母很少買零食給我們吃，所以到現在，我還是養成不吃零食的習慣。小孩子那有不愛吃零食的道理，我們兄弟都很乖，雖然心裡很想要，却從未跟父母吵著要買。

有一位老先生，他用走路，挑著一擔糖果蜜餞之類的零食，沿路叫賣。每到一處，他先用銅鑼，噹！噹！敲二下，所以我們都叫他「開開仔」。每次他來，父親總是顧著和他聊天，從未了解我們的感受。父親很有威嚴，我們也不敢靠近零食攤。

有一次，我們真的是禁不起零食的誘惑。三哥竟拿了日本錢幣，指揮我去買零食。三哥大我六歲，聰明多了，很會用腦筋。那時候，台灣光復不久，家裡有很多日本錢幣，小孩拿來當玩具。三哥認定這位「開開仔」，年紀大了，視力一定不好，可能無法分辨真假。

三哥自己不敢去，我是硬著頭皮，照著三哥的指示去買了，果然也成功地買了幾棵橄欖回來。雖然成功地買到手，但是我們仍然不敢吃，萬一被發現，我們會賠不起。我們幾個兄弟，躲在門後，從門後偷看那人的反應。

那人只顧著和父親聊天，錢幣握在手上，沒有細看。

過了一會兒，那人開始叫了：「囝仔兄！這是假錢呢！」

我們一聽，知道出包了，還好沒吃，只好乖乖地，原封不動退還給人家。

這一幕，被父親看在眼裡，一向嚴格的父親，看到這一幕，並沒有生氣，只淡淡地說：「愛吃囝仔！」他把那一包橄欖買下了。

還有一個叫「風輪」，專賣芭樂。他賣的芭樂，是削皮，浸泡甘草水。他用「秧船」裝芭樂，頂在頭上，邊走邊叫賣。現在想想，全部賣完，能賺多少錢呢？

賣「鳥梨糖」的，想再也看不到了。竹竿上綑紮一團稻草，上面插著一串串鮮紅的「鳥梨仔」，看起來，令人垂涎。

用現在的眼光看來，這些沿途叫賣商，的確夠辛苦了，人力只能帶一點點貨物，全賣完也賺不了多少錢。以前的人，不貪心，能賺一點錢，就很滿足了，生活夠用就好。在他們的心中，沒有賺大錢，發財這個概念。

社會型態變遷很大，現在回到童年居住的鄉下，也是聽不到這類叫賣聲了。

叫賣人物記憶深
一根扁担感動人
典型風範為生活
為子為孫把淚吞

童年叫賣聲難見
回首往事倍有趣
鄉音鄉情懷舊情
他鄉山居也難遇

地瓜大翻身

最近常吃地瓜，外出各地，只要看到地瓜，就會買回來吃，可以說已經吃遍了台灣各地所產的地瓜。地瓜好吃，而且近來又流傳著，地瓜是非常好的養生健康食品，而且不貴，又好處理，因此我們也就天天吃地瓜了。

台灣各地都有人種地瓜，但是並非每個地方的地瓜都好吃，農作物與環境、氣候、土壤的特性有關係，會影響到農產品的品質，農人也了解到這個因素，掌握自己適合的作物來種植，我們到各地，只要發現他們主打的大宗主要作物，那個品質，大概錯不了。

我們到竹山去，在路旁就可看到，家家戶戶都在賣地瓜，那是賣給過路客。金山地區也適合種地瓜，現在已經發展成地瓜節了，辦得有聲有色。

地瓜是不是好吃，除了與產地有關之外，跟品種的不同，大有關連。白地瓜，紅地瓜，紫地瓜……等等，在我們吃過那麼多不同的地瓜後，我們還是偏愛紅心地瓜。

地瓜，我們小時候把它叫做番薯，這是非常不起眼的農作物，在窮苦的農家，這是人豬共享的食物。地瓜飯是小時候吃到快膩的食物，農家的婦女很了不起，掌控一家的經濟，稻米的價格好，表示收成少，稻穀盡量留著出售，餐桌上，很自然就是地瓜多米粒少了。

我小時候的農家，種二季水稻，冬季雜作，以地瓜為主。印象中，過去地瓜很少有買賣，都是自己吃和養豬之用，吃地瓜是窮苦的象徵。地瓜收成之後，部份囤積起來備用，部份剉成籤條狀晒乾，可以長久儲存，當豬飼料。

我對地瓜的印象，不僅僅是吃地瓜飯而已，也是我扮演父母小幫手的重要工作之一。從種地瓜開始，我就跟在父親身邊，當個小幫手。種地瓜的時候，父親拿鋤頭，往地上砍下去，此時我要趕緊拿起地瓜苗，往鋤頭邊放下去，父親將鋤頭拔起後，地瓜苗正好被土蓋住。不要小看，這個看似輕鬆的工作，對一個小孩而言，做起來是緊張萬分，動作要拿捏得很準，太快了怕手被鋤頭砍到，太慢又怕父親生氣，而且又低身彎腰，頭又怕被鋤頭打到。工作完成，也是累到頭昏。

地瓜的收成，我也是要參與。以前家裡種一種很大的地瓜，現在很難看到，這種地瓜，父親自己用鋤頭挖，我跟在旁邊撿地瓜，另一種小地瓜，則用牛來犁地，我們全家大小都要跟在後面撿地瓜。最後還要挑地瓜回家。

剉地瓜籤，則是由母親擔綱，由她來剉地瓜籤，父親和我們小孩，分別用畚箕將剉好的地瓜籤拿去攤開，在陽光下晒。遇到西北雨的時候，又要趕緊收起來。

這是我小時候的地瓜生活。

沒想到這麼不值錢的地瓜，現在已經大翻身了，已經是人人愛吃的養生食物了。而且品種不斷地改良，品種越來越多，食用方法也呈多樣化，童年的焢窯繼續存在，成了休閒有趣的活動，而且也運用科技方法，製成零食，成了休閒食品。

同樣一個農產品，古今差距大，過去吃地瓜是貧窮的象徵，如今吃地瓜成了高級的享受。

跟地瓜一樣大翻身的，那就是地瓜葉了。我小時候，雖然是在農家長大，但也沒聽說過，有人在吃地瓜葉，那完全是豬在吃的食物。可是現在都市中的人，十分流行吃地瓜葉，會流行吃地瓜葉，當然也是因為有益養生之道了。現在只要和養生扯上關係，只要對健康有益，或是可以療病，那就可以賣到嘎嘎叫，普遍被大家接受。不過，地瓜和地瓜葉，的確好吃。

當菜來食用的地瓜葉，那是特殊的品種，葉子好吃，但是不結地瓜，與過去給豬吃的地瓜葉是完全不同了。

有一次，朋友帶我去菩提藥師寺，拜訪妙祥法師，參觀他的藥圃，他懂草藥，也會製作古早的青草茶。當我看到他種了十幾種的地瓜葉，眼睛為之一亮，真的是具足五行的地瓜葉，什麼顏色的地瓜葉都有，紅色，黑色，紫色，黃金色，最特殊的竟然還有彩色地瓜葉，真是前所未見，大開眼界。法師慈悲，知道我喜歡，特別每種剪下幾段，讓我帶回家當種苗。要種活地瓜葉很簡單，但要長久照顧，那就很難了，不出幾年，全死光了。

這麼多種地瓜葉，不結地瓜，當菜也不好吃，老法師是用來煮青草茶用的。

現在每天吃地瓜的時候，總會讓我想起小時候種地瓜和採收地瓜的情形。農家的小孩，每天扮演父母小幫手的角色，在烈日下工作，現在想起來，也許很辛苦，不過當時並不覺得苦，都認為是應該的，只是工作做得很緊張，怕工作做不好，讓父母生氣，得不到父母的歡心。

不管如何，小時候的種種，現在回想起來，都是溫暖甜美的記憶。

地瓜年少早吃膩
到老反受此味迷
若要健康宜常食
利益養生排第一

人豬爭食不為怪
健康食品受愛戴
食物本來無貴賤
活力健康人自在

陪父母出遊

透過商業的包裝和行銷，年度內的各種節日，如父親節，母親節，情人節，生日等，自然地讓每個人，都感染到節慶的氣氛。當然這是有正面意義的。

每逢重要的節日，各各飲宴場所，都是坐無虛席。社會風氣如此，恐怕也會給收入不豐厚的人帶來壓力，一席酒菜下來，近萬上萬是稀鬆平常的事。我的鄰居，兒子有成就，父親節帶他進城上館子，吃完後，問兒子，花掉多少錢，兒子說一萬多而已，父親聽了瞠目咋舌，我想如果飯前知道，恐怕吃不下了。

我想每個人，衡量自己的能力，找到合適的方法，來慶賀自己的節日，不必一定跟著別人走。尤其是面對自己的父母，更要體貼父母的心意。平日少聚的，靜靜地聽父母談他的陳年往事，或是陪父母到公園走走，不要飯吃完就走人，如果父母少出遊，陪他到風景區走走，或許更得父母的歡心，不一定花大錢。

我的父母在世的時候，很少外出，一生都住在鄉下，唯一外出，就是到兒子家，看兒子，看孫子。我的父母，很客氣，到兒子家像是當客人，問他要什麼，都說不要，看看就回去。我的母親很早就往生了，一生沒享福。等到我成家立業，經濟穩定之後，父親來台北，我就有幾次跟父親出遊的經驗，留下美好的記憶。

年輕的時候，在四獸山上跟一群人練中國功夫，老師免費教我們，過節時，我們會請老師吃飯，那時父親正好住在我那裡，我帶父親參加餐會，錢大家平均分攤，我多出一份而已。我那群朋友，都是外省人，沒有人會講台語，席間他沒講一句話，大家拼命幫他夾菜，很尊敬他，父親的喜悅也寫在臉上。從此，我知道父親的適應能力很強。

後來，我不再問他，我們去那裡好不好，我直接告訴他，我們今天要去那裡，因為我已經了解鄉下人的個性。每次出遊，父親都很開心，我帶他去陽明山，指南宮，父親最高興的是到大溪看神豬表演，父親是養豬專家，看到豬這麼聰明，自然樂不可支。帶他去野柳海洋世界看海豚表演，到石門水庫亞洲樂園玩，七十幾歲還坐雲霄飛車，他玩得多開心。

回鄉下看他，當他的聽眾，靜靜聽他講話，他就很高興了。但是主動邀他出去，他也很高興，只是出去一下，他就想回家。有一次，我到伸港找朋友，也邀他一起去，到八卦山參觀四面佛的廟，他都很高興。三哥調到中興新村服務，我開車帶他去中興新村，他高興得不得了。我知道，父親很寂寞，我帶他出去走走，比請他吃大餐來得高興，更能得到他的歡心。

每次在思親憶親的時候，我慶幸自己，在父親晚年的時候，能陪他出遊。這些點點滴滴，都是寶貴的記憶，我很珍惜地把它儲藏起來。

人間有愛

已經準備好，要將八十五高齡的岳母，從竹北載到台北就醫。出發前照例將岳母推到佛堂上香，她刻意將窗戶打開，坐在輪椅上，點燃三柱香，口中開始念念有詞，開始跟神明說話。

我站在門口，靜靜地聽她跟神說話。從釋迦佛祖，觀世音菩薩，媽祖婆，一一呼請，她認識的佛，菩薩，神明，還真不少。接著她開始向神明報告，現在她要出門，到台北看病，請神明保祐一路平安，接著還要請神保祐，遠在美國，加拿大的兒子，媳婦，孫子，大小平安，以及在台灣的女兒女婿平安。祈請完了，怕神沒有聽清楚，她又從頭再講一遍，足足講了十分鐘。這好像是她每天早晚的例行公事。

我從頭到尾仔細地聽，也因而有很深的感動，深深體會到老人家內心的愛。我知道很多為人子媳者，面對老人家的這種行為時，往往不耐煩，簡單地以迷信兩個字帶過。而我這次，真正體會到這是最真實，最真誠的愛。我也感受到了。

每次到醫院，總是要折騰半天，對八十五歲的老人而言，怎受得了，沒病也要累出病來。但是，這是老人家信服的醫師，病人多，從下午看到半夜。我已經有多次帶岳母來看病的經驗，我們下午就來，在醫院晚餐，很晚才回去，停車費也要浪費不少。我以前常埋怨醫生，應該分批多看幾天，每天減少看診的人數，不要弄到半夜，整間大醫院，只剩她一人在看病，病人也無法消受。也曾勸岳母換醫生。但是岳母總是不肯，因為只有吃她開的藥才有效。

可是這次，我轉了心念，心裡舒服多了，也對這位醫生感恩佩服起來了。她可以不必這麼辛苦啊！不必耐心地聽病人訴苦啊！我曾聽過，有些醫生看診快速，您還沒說完，他的處方已經開好了。不必加班，上百個病人，一口氣看完。而我岳母信服的這位醫師，並沒有掛比別人多的病人啊！掛59號，竟然到晚上十點半才看好。我誤會她了，轉個念，我才看到她的愛心，她不是為了多賺錢而多看病人，她只是給這些無助的病人，多一點安慰，她太辛苦了，還有兩名護士陪她一起辛苦，原本是下班回家休息的時刻，她們還在醫院忙，真的太了不起了。

回到家，安頓好了，我坐下來休息，喝下今晚唯一的一杯熱開水，看看牆上的掛鐘，差十分鐘就是午夜十二點了。

這個晚上，是這個冬天最寒冷的夜晚，我已是六十幾歲的人了，從沒這麼晚還沒睡覺，可是我沒有倦意，因為我內心有一股暖流，我看到了人間的愛，一個母親慈祥的愛，和醫師的博愛，在我內心迴蕩著。我也慶幸自己還能為別人做些小事。能付出是多麼幸福快樂的事。

這是最寒冷的日子，也是最溫暖的日子。只要能體會到有愛的日子，就是好日子，就是快樂的日子，也是幸福的日子。

天寒心却暖
人間有愛款
有此無畏施
千金也難換

服侍長上本應該
老弱體衰處處哀
敬老尊賢古美德
時刻不忘放心懷

相互牽掛的兩老

八十六歲的岳父，請外勞幫他刮痧，不出幾分鐘，就在腋下刮出一道血絲斑斑的傷痕。能刮出痧痕，直覺地，他就認為有效。

「最近舌頭常常咬到，書上說，這是中風的前兆，我很擔心，剛剛看到這本書，說刮痧可以預防中風，我看了如獲至寶，趕快請亞蒂幫忙刮，果然刮出痧來。」岳父神情愉悅地跟我說。

「我要告訴你老媽，讓她也來刮刮看。」

已經八十幾歲的兩老，一生經歷過許多疑難怪症，進出醫院無數，考倒許多名醫，訪遍各種偏方，無所不用，單方氣死名醫，常受惠於民間留傳的草藥。久病成良醫，她幾乎成了疑難雜症的一部活字典。

岳父把衣服掀起來，讓躺在床上的岳母看。

「刮痧有效，妳要不要也刮刮看。」岳父接著說：「我不能中風，我倒下去了，妳怎麼辦？」

我在旁邊聽了，感到一陣鼻酸，真的唯有老伴相護一生，兩老相互牽掛。兒孫在國外，女兒年紀不小，身體也不好，南北奔波，各自有家要照顧。兩老憑著堅強的求生意志，幾度死裡逃生。岳母曾經須帶呼吸器，又經氣切，現在竟然痊癒，只是不能走路，努力復健，現在靠助行器，斷斷續續可走百公尺。她憑著意志力，她要好起來，還要去日本旅遊，到美國看兒孫。

岳父更是小心翼翼，每天勤量血壓數次，且勤做紀錄，每次看診，一定把紀錄本拿給醫生參考。他睡覺前後量，飯前飯後量，運動前後量。也因為他認真量血壓，也造成困擾，現在他運動完，血壓反而降低，幾乎要暈倒。醫生看他血壓不正常，也束手無策。有一次，我們陪他看診出來後，醫生把我太太叫進去，告訴她，妳父親的大腦已失去控制血壓的能力，大概活不過三個月。我們害怕得不敢講，不過，這已經是一年多前的往事了。

岳母已經不良於行，所以岳父覺得他的責任重大，他不能倒下去。他常感歎，年輕時要錢不要命，現在才知道生命寶貴。現在他看的書，一定與養生健康有關才看，吃的食物，一定是有益健康的食物。

他不僅聽醫生的話，任何對健康有幫助的方法，都願意去試。他告訴我，每天早上四點醒來，他就開始找穴道指壓按摩，尤其是痛點，更是勤按。從四肢，頭腹，自己能按到的地方，每天按一遍。他說很忙，時間不夠用。

我看到了一對珍惜生命的老人家，彼此要為對方守護，為對方活下去。但是總有一天，有一個要先走，這一天，將是無法承受的痛，到底誰來承担呢？誰也不知道。

夫妻相扶活到老
吵吵鬧鬧雖難搞
相互牽掛確不少
一世情緣樂陶陶

相互扶持走到老
一生牽掛不能少
相護一生心事了
最終悲痛必號啕

第二輯

「有話想對孩子說」

初為人父的焦慮

小嬰兒誕生了。

妻臉色蒼白，虛弱地癱在床上，臉上綻放滿意的表情，二十四小時的煎熬，所有的痛苦掙扎，隨著小嬰兒的出世而消失了。

沒有痛苦的承受，是無法蛻變成母親的，這是所有母親的驕傲。

護士把嬰兒抱出來，我倆是盯著看，搶著抱。紅潤的臉頰，一副聰明靈巧的樣子。捏捏小手，翻翻小腳掌，初為人父母的喜悅，全在心頭。

不料，第二天護士不再把嬰兒抱出來了。

「嬰兒有黃疸，不能抱出來。」護士輕鬆地說著。

「黃疸？怎麼會呢？」我感到十分驚訝！從沒想過會碰上這種問題。

嚴重不嚴重？有沒有關係？我心中感到疑惑著，感到納悶，不知如何是好。

我在嬰兒房外張望。

「就是她！」護士隔著玻璃窗，指給我看。

我看到小嬰兒放在玻璃罩內，用日光燈照射。

「輕微的黃疸，用日光燈照射，慢慢黃疸就會退去。」護士告訴我。

「沒什麼關係的，很多嬰兒，剛出世時，都會有輕微的黃疸。」護士看到我不安的樣子，繼續安慰我。

幾天過去了，嬰兒都沒抱出來。

醫院通知我，產婦可以出院了。

「嬰兒暫時留在醫院觀察。」我聽了，內心一沉。

本來應該是我抱著嬰兒，牽著妻子的手，快快樂樂離開醫院，現在嬰兒卻要留在醫院，內心的確有了失落的感覺。

怎麼會這樣？我內心一直不解。

初當爸爸的滋味，已經不是喜悅，而是擔憂。

嬰兒患黃疸，以前沒注意過，也沒聽過。

「沒關係的，照照日光燈，很快會退去。」每次請教醫生護士，他們的回答，總是很輕鬆，若無其事的樣子。

我的心情無法像醫師護士那樣輕鬆。

細看小嬰兒的皮膚，的確是黃黃的。

幾天後，突然接到醫院的通知，要我到出納處去繳錢，購買血漿，嬰兒必須換血。

我的內心，又是一沉。心情愈來愈沉重。

不是照射日光燈就會好的嗎？

換血？真的嚴重到必須換血嗎？

「如果黃疸不退，黃疸色素持續升高，不趕快換血的話，恐會傷害到腦部。」醫生如是說。

我們相信專業的判斷，醫生的吩咐，只有立即辦理，從未加以懷疑。

從學校畢業，進入社會，走進婚姻，當上父親，一路走來，漸漸體會到，世上不如意事，十常八九。

正在慶幸，已經避過百分之一的不幸，生下了白白胖胖，肢體健全，看起來十分聰明的小嬰兒，過不了幾天，擔憂一波一波地襲來。

難道小生命的成長，真的是這麼艱辛。

並不是所有的嬰兒，都有同樣的遭遇。

嬰兒室的布簾拉開的時候，許多親人圍著窗口觀看嬰兒。

「好可愛喔！」

「睡得好甜！」

在醫院，唯有嬰兒室，是充滿歡笑的地方。

可是，我內心確是酸酸的。

隔著玻璃窗，看到別人的嬰兒，的確是可愛的、健康的，可是我的小嬰兒，卻是用玻璃罩保護著。

「明天就可以回家了。」

「阿公，阿嬤，從南部趕來了，高興的很。」

我夾雜在快樂的人群中，有誰知道，我的太太已經出院了，我是獨自來探望嬰兒的。

這些日子，心情是漸漸跌到了谷底。

黃疸必須換血，我現在才知道有這種事。

換血後，是不是很快就會好了？

什麼時候可以出院，何時可以享受天倫之樂；我日日期盼著。

突然接到醫院打電話來，我衝出教室，心臟幾乎要跳出來，我知道，不會有什麼好事的。

「黃疸未退，必須進行第二次換血。」

醫院傳來這樣的訊息，我幾乎要昏過去。

心中唯一的念頭，就是趕快準備錢。不去繳錢就無法換血，時間延誤了，恐怕影響到智商。心中如此擔心，只好趕緊籌錢。

當時的我，完全沒有經濟基礎。初出校門，就業不久的我，就遇上這樣的難題，實在是苦不堪言。

換一次血，要繳多少錢，你知道嗎？三十多年前，中學教師的待遇相當微薄，換一次血，足足要用掉三個月的薪水。

醫院的指示，只有照辦，從未想到後果。

嬰兒遲遲未能出院，關心的人，探詢的親友，愈來愈多。

「一次又一次的換血？不知道會不會傷害到腦部？」

「會不會變成智障兒？」。

許多悶在我們心裡的問題，都被親友搬出來探討了。

「換一次血，要花掉那麼多錢，弄得債務纏身，將來的日子怎麼過？」

「一次又一次的換血，挽救回來的，或許是一個智障的小孩，家會被拖垮的。」

「以你目前的狀況，是沒有能力負擔這次醫藥費，趁現在，小孩生下來才十幾天而已，沒有什麼感情，是不是可以考慮放棄治療。」

我和妻聽了，眼淚決堤般的掉下來了。

久久說不出話來。

旁觀的第三者，客觀冷靜地，做出這樣的建議。

「放棄治療？」作為親生的父母，這樣的決定說得出口嗎？不！不可能的，從未有這樣的念頭。

只要有任何一絲希望，絕不會放棄搶救的。

除非這個決定，是醫生下的判斷。

初為人父的我，處在這樣的焦慮不安中，為了籌錢，為了孩子的種種不確定因素，日日煎熬著。

還好，老天爺保佑，很快擺脫換血的恐懼了，醫藥費的壓力，暫時解除了。

隱藏在內心的痛楚，擔心，還是無法消除的。

嬰兒這個階段，很難看出有什麼變化。

我們天天觀察小孩的動作，小孩會吃會睡，會哭會鬧，眼神靈活，動作正常，有聲音有表情，兩歲以後，我們才慢慢放心，起碼會是個正常的小孩。

孩子，現在你已經長大了，但是，爸爸仍然必須告訴妳，妳和媽媽一樣，在剛降生的那一刻，曾經在生死關頭掙扎過。

孩子，在你剛來到這個世界的時候，全家與你一起，做過生命的拔河。爸媽和你一起承受痛苦的煎熬，也許妳不知道，不過你可以看看鼠谿部，開刀輸血留下的疤痕，那是生命的記號。

爸媽陪妳走過這段，現在告訴妳，是希望妳能體會生命成長的不易，盼妳能珍惜生命，愛惜自己。

焦慮父母心
從古到如今
孩兒汝當知
疼惜惟雙親

母難日

「我上個月生日，爸爸請吃披薩。」

「我下星期過生日，媽媽要帶我們去麥當勞，吃薯條、吃炸雞。」

「明年生日，我要去迪斯奈樂園玩。」

這次生日，妳邀同學到家裡來，媽媽為你準備了糖果、餅乾、蛋糕。看到你們聊得相當愉快，爸媽看在眼裡，也覺得高興。

現在哪一個小孩不過生日？

雖然爸爸的想法，和妳們不一樣，但是也不願意掃你們的興，讓妳的童年，比別人遜色。

看到妳們玩得相當愉快，我也感到很滿足，不過，我也忍不住要告訴妳，爸爸是從來不過生日的。

我是夾在新舊潮流的人物，從小就沒過過生日，尤其是現在父親還在，怎感言壽，過生日。

也許是鄉下人，缺乏生活的情趣，也是因為幼承庭訓，母難日的觀念，一直牢記在我心。鄉下小孩無緣過生日，孩子，妳們是幸福的一群。

看到妳們歡喜的樣子，的確給家庭增添不少和樂的氣氛。

不是要掃妳的興，讓你知道生命的降生，是多麼的不容易，想要告訴你這些，是希望你能更加地愛惜生命，疼惜自己。

從得知妳的小生命開始孕育，將為人父的我，內心只有喜悅，沒有煩惱，生活多了期盼，及想像的空間，開始天天準備迎接妳的降生。

媽咪的肚子一天天地膨脹，有時看她挺著肚子，肚子像袋鼠般，裝著你的小生命，進進出出，有時還騎腳踏車，上班、上市場，的確令人擔心。

媽咪懷胎十月，我是看在眼裡，疼在心裡。懷胎之苦，我沒有切身的體會。懷胎之苦，應由媽咪來告訴妳，可能比較真實。

隨著預產期的逼近，心情也隨著雀躍和不安。高興的是小生命就要誕生，開始想像小娃娃在笑、在玩，我逗著她玩，也開始為娃娃準備玩具和衣物。

不可避免的，心情也有些不安，這是我們的第一胎，什麼經驗都沒有，家中也沒有老人家作伴，當顧問。心中有一點不安，不安的是擔心不圓滿的百分之一，萬一出現怎麼辦？是有點杞人憂天。

醫生告訴我們，預產期前兩星期，隨時有可能生產。在待產期間，有任何風吹草動，都會讓我緊張萬分，特別是在辦公室接到家裡打來的電話，都以為是要生了。

越是期待，越是不來，一天一天地過去，預產期當天，還是沒有動靜。在這段期間，實在不敢離家太遠，過去常聽說，有人在火車上產子，有的在飛機上，在鄉下更聽說有人在田間就產下小孩。太太還沒有生產的經驗，深怕在外面，一有動靜，真會措手不及。

我們把生產住醫院的用品衣物，裝在一個手提袋，隨時準備要去醫院生產。假日到親友家，提著這個手提袋，到公園散步，也提著這個手提袋，為的是一有狀況，可以馬上趕去醫院生產。

有一次在公園遇到朋友，朋友知道這個狀況，笑著說：「妳以為女人生小孩，像母雞下蛋一樣，『撲地！』就生出來，沒那麼簡單。」

生產的確不簡單。

日子一天天過去，又超過兩星期了。

終於，有一天妻子有了陣痛的感覺，我們知道，要生了，興奮地，急急忙忙趕赴醫院。

「多久痛一下？」醫生問。

「久久痛一次。」妻子支吾著。

「還早。」醫生離開了。

後來才知道，我們太緊張了，來得太早了，有經驗的產婦，都會不慌不忙，開始有了陣痛的感覺時，會很從容地整理衣物，開始洗頭髮、洗澡，一切準備妥當再去醫院。

在醫院待了半天，陣痛開始明顯地加速，從一個鐘頭陣痛一次，縮短到半個鐘頭陣痛一次，再來二十分鐘痛一次，陣痛愈來愈密集，疼痛指數愈來愈高。

時間一個鐘頭一個鐘頭地過去，還是生不下來。

看看錶十幾個鐘頭過去了。

妻忍著痛苦呻吟著。

緊握著妻的手，我可以感覺到疼痛是不停地襲擊過來，妻強忍著痛苦，額頭冒著冷汗。

到底怎麼了，已經痛了十幾個小時，還生不出來。

「醫生，有沒有問題？這麼久了，還生不下來。」

「沒問題，時間未到。」醫生總是很輕鬆地回答。

時間太難挨了。

妻子已經無法忍住痛苦了。

只要醫生護士出現，我就纏著問，到底怎麼了？怎麼會這麼久生不下來。

心中開始有了疑惑，是不是胎位不正，或是其他原因，否則怎麼掙扎這麼久。

夜已深了，整個產房也靜下來，唯獨妻痛苦的哀號聲，愈來愈大。

我是有點不好意思，怕影響別人的休息。

「不要叫好不好！」我小聲告訴她。

妻聽了，一拳就揮過來。

「痛得快死掉了！還這樣說。」

看看時間，從住進來到現在，二十四小時過去了，我看妻子痛苦的快虛脫了。

一看到醫生護士，我就抓著問：「怎麼辦？」

醫生開始不回答我。

一會兒，我看到醫生護士，忙進忙出，有時推著器材，忙來忙去。

「有問題嗎？」我心中懷疑著。

護士過來，把妻推進了產房。

我看到住院醫師陪著外國醫師進了產房。

「會難產嗎？」

陪產的許多我不認識的人，圍了過來。

「怎麼了？」

「有問題嗎？」

「發生了什麼事？」

「妳有指定醫師嗎？洋醫師不容易請到的。」

我心裡清楚知道的，一定是有麻煩的。

剛剛看到醫生護士，忙著打電話找人，工作人員忙著搬動器材，我知道是有麻煩了，難道要開刀不成？我心中疑惑著。

如果要開刀，怎不找我簽字呢？

焦慮盤據整個心靈，到底怎麼了？我坐立不安地在產房門外徘徊。

過了一會兒，產房的門開了，護士走出來告訴我，產下了女嬰。

我心中的石頭，總算落了地。

「生產有困難嗎？」我問。

「你太太體力不好，陣痛時間太久，最後已經沒有力氣了，無法用力是產不下來的。最後醫生經過研判，只好借助儀器，用吸的方法，把嬰兒吸出來。」

真是謝天謝地。

小涵，妳降生的最後關頭，是母親經過二十四小時的痛苦掙扎，最後還要藉助科技儀器，才把妳生下來的。

小涵，看到妳們幾個小朋友，過生日快樂的樣子，我忍不住要告訴妳，妳真正的生日，妳降生的那一天，正是母親生死交戰的關鍵時刻啊！

生日的的確確就是母難日啊！

有話想對孩子說

一軒突然說要去西班牙讀書，我聽了的確感到十分驚訝，你完全沒有學過西班牙語，只不過是認識那邊的幾個朋友，就讓你下這麼大的決定。

學習是一件好事，爸當然會支持你，不過在你下決定之前，應該先讓爸知道你的想法，否則你突然跑到陌生的國度，為父的，如何能安心呢？而且也要事先商量一下，家裡有沒有錢，可以供應你幾年。幾年前，姐姐要去美國留學，也是一樣，事先也沒有來問爸，爸有沒有能力供應你們出國留學。

你們這些孩子，從來沒有吃過苦，想要什麼就有什麼，太幸福了。

爸的成長過程就不是這樣。

我是在農家長大的孩子，農家的孩子，很能體諒父母的辛勞，從小就不敢隨便花錢，不像你們，每個月有固定的零用錢，只有在學校規定要交錢的時候，才會伸手向父母要錢。在我高中畢業之前，從沒有在外面吃過一碗麵，也沒有到別的地方去玩過。每天就是在學校與家庭之間往返，課後也要在家裡做些簡單的農事，不像你們現在，父母還會利用假日帶你們去郊遊。

從小我就養成，不隨便向父母伸手要錢的習慣，在自己不會賺錢之前，一定要把生活費用，降到最低，我不能浪費家裡的一毛錢。還好，童年的成長背景，已經養成儉樸的生活習慣，慾望很低，不會亂花錢。讀大學四年，我沒有參加任何一個社團活動，沒有參加過任何一次郊遊活動。

我只能參加免費的活動，聽免費的演講，看活動中心免費的電影。除了生活上的必要開支外，只要多花一毛錢，都會讓我內心感到不安。

離開家鄉到台北讀書，每次回家，一定是坐慢車，我是以時間換取金錢，因為自己不會賺錢，所以坐最便宜的火車。當兵以後才坐平快車，每次都是一路站到底，沒有位子可坐，成家立業以後，開始坐對號快車，因為那個時候要抱著你們返鄉，必須保證有位子。

讀大學的時候，曾經遇到一位非常賞識我的老教授，表示他在日本的關係非常良好，他不僅是鼓勵我，簡直就是要把我送去日本留學，經常在同學面前這麼說。過了幾年，在台北市遇到老同學，一碰面，竟然就問，你什麼時候從日本回來。其實，我那有去日本，想都不敢想，家裡不可能讓我出國留學，我也不願意接受別人的資助。

家裡能夠讓我讀到大學，我就很滿足了，如果還要讀研究所，或是出國留學，一定是要靠自己的力量。

我對自己想做什麼，該做什麼，都是清清楚楚，始終保持一顆明覺的心。

當兵那一年，是相當愉快的一年，除了在工作上培養了許多能力之外，算是我第一次會賺錢了。我是當少尉軍官，每個月已經有了固定的薪資，而且我又被遴選進入文化服務團，工作比較辛苦，也因而有了工作津貼，在當時算是領雙薪。

當兵這一年，過得很紮實，很愉快，除了不必伸手向父母要錢之外，我還有計劃地，把要讀研究所二年的學費和生活費，全部準備好，每個月還能按時拿錢回家給父母。這時，我的內心感到無比的充實，別人當兵還要家裡寄錢，而我卻可以拿錢回家。我也體會到了，只要我們過簡單的生活，不必做大官賺大錢，日子仍然可以過得很充實，很快樂。

孩子，我樂意跟你們分享，我內心的這些想法，無非就是想告訴你們，凡事多為他人著想，多一點體貼他人之心，自己會過得更滿足。我是出身在農家，並不是窮困的家庭，其實是衣食無缺，可能是父母身教的影響，從小就知道該怎麼做，從不敢有非分的想法。

我常常說，命好不如習慣好。我從小養成的儉樸的生活習慣，對物珍惜，對人尊重，影響了我這一輩子，追求簡單的生活理念，能夠引起我共鳴的、大概就是這一類型的人、事，物。這已經成為我的思考習慣，我常常看到我已經擁有的，很少去注意我還缺少什麼？所以，我的日子過得很滿足。我可以過的日子，別人不一定可以適應；別人也許覺得很苦，我可以做到不以苦為苦；這是生活習慣使然，思考習慣使然。

孩子，不要以為時代不同了，一個人的想法、念頭、態度，會影響他的生活品質，這是千古不變的。我不希望，豐衣足食下成長的你們、有了放逸的想法。記住；物質的欲望越低，精神領域越充實。凡事求人不如求己，人到無求品自高，有求，就有求不得之苦。

如何能做到無求呢？恐怕唯有簡單的生活。

孩子，你們還年輕，來日方長，在你們的心中，一定要清清楚楚，知道自己想過什麼樣的生活，不要隨波逐流。凡事多為他人著想，心中有父母，多一點體貼之心。內心少一分計較，就可以得到多一分快樂。

輕鬆的父母

我是在農業社會長大的，成長的背景、環境，使我的腦海裡，一直保有牢固的傳統思想。過去，我一直感恩父母，給我健全的體魄，把我撫養長大，讓我求學讀書，受到完整的教育。這些看似平凡，但是，在我們看多了社會的黑暗面以後，才會真正感覺到，那是得來不易啊！感謝上天的眷顧，讓我這一生風平浪靜，一帆風順，雖然平凡，沒有豐功偉業，但是我很滿足‧很感恩的。

所謂「養兒防老，積穀防飢」，在這個世代，大概也無法實現了。孩子不給父母帶來麻煩，已經是千幸萬幸的事了，怎敢有其他的奢望。

君不見，子弒其父者有之，放火燒家者有之，惹事生非，時時進出警察局者有之。

回頭看看自己三個孩子，他們都沒有給我帶來任何困擾，我知道這是上天給我的恩寵。我必須感恩在心啊！

也許您會勸我，不要去看那些特例，那是個案，畢竟只是少數。我可不這麼想，特例發生在自己身上時，您會怨歎，躲過特例時，難道不應該感恩嗎？在社會上，我們看到父母都是高等知識份子，可是生下的孩子卻是智障肢障，您怎麼說呢？又能如何呢！

想到這裡，不僅不會期待子女們，如何來孝敬我們，反而要感謝他們自己帶來了福報，讓我們不必很費心，能夠做個輕鬆父母。

當我看到那些正在照顧——躺在病床上的孩子，癱瘓的孩子、行動不便的孩子，無法自理生活的孩子——的父母，我感到辛酸落淚了。

孩子，感謝你們，你們順利健康的長大，讓身為父母的我們，沒有那麼辛苦。

當我看到了那些父母，抱著腦性麻痺的孩子，罕見疾病的孩子，四處求醫，看遍了西醫換中醫，中醫無效換巫醫，到處請神拜佛，就是不放棄那一絲一毫的希望。放棄工作，散盡家財，就是為了孩子啊！

真是天下父母心啊！

「只有為孩子犧牲的父母，沒有為父母犧牲的子女。」妻這麼說著。

「誰要我們生他呢？生他就是要養他，這是無法逃避的責任。」我說。

妻說的話是很有道理的。

只要我們到護理之家去看看，越高級的，可能更明顯。那些孤單的老人，無奈地訴說著，自己飛黃騰達的子媳，在大陸擁有百人的工廠，或是賺錢無數，已經移民國外。總是有著千般的理由，為了工作、為了事業，為了賺錢、無法照顧父母。古代那種，放棄高官厚祿，辭官歸里，就是為了照顧父母的故事，恐怕只有從歷史中去找了。

今後我們這一代，上了年紀的人們，都要自立自強，做好自己的健康管理，不要連累子孫。

妻說的不錯，天底下，只有為人父母的，會無怨無悔，犧牲一切，不顧一切，去照顧自己的孩子；不論這個孩子多麼殘缺不全，多麼愚笨無能，為人父母的，總是竭盡所能地去照顧他。當我們看到，老人家在照顧車禍受傷，變成植物人的孩子，整個家境已經變得一貧如洗了，但是還不肯放棄，看到那年邁的身影，不知要苦到什麼時候。真是令人鼻酸。

記得曾經看過丁神父的節目，報導一些父母，為了幫助弱智的孩子，輔導學習障礙的孩子，抱著孩子，四處請教專家，要求鑑定診斷，請求協助，自己製作教具，學習卡片，因為他們知道，自己的孩子是特殊的，學校幫助不了他。因為他們的用心，彌補了先天的不足，孩子也能讀到大學，甚至研究所。

看到這些情節，我是感到多麼不如，多麼慚愧啊！我對孩子沒有付出這麼多啊！親愛的孩子，我是多麼感謝你們啊！你們的表現，讓我們做一個輕輕鬆鬆的父母，你們沒有讓爸媽特別操心過，比起他們，爸媽也沒有特別為你們付出。要是你們出現跟他們一樣的症狀，我不知道是否還能撐得住，是否還能這樣輕鬆過日子。

感謝老天，你們已經平安健康地長大了。

更奇妙的是，完成學業後，你們也順利地找到相當不錯的工作。爸沒有顯赫的社經地位，也沒有結交達官貴人，無法庇蔭你們。爸的個性，不喜歡到處求人，找人關說。在你們學校快畢業的時候，我也在思考著，不知如何來幫助你們，那時，我的內心似乎有些歉疚，不像你的同學，很輕易地在政府單位，找到機要祕書的工作。很慚愧，爸沒有辦法幫助你們。

我只能說感謝老天爺的幫忙，你們靠自己的力量，找到適合自己的工作，又讓父母寬心不少了。要記住，你們要這樣一路走下去，靠自己，不靠別人，唯有自己的能力，才是真實可靠的本錢。

現在你們已經成家立業了，你們已成為別人的父母，但是，爸仍然要告訴你們，不管你們年紀多大，你們都是父母的孩子，你們的任何遭遇，都會牽動父母心中的那根弦。來日方長、你們仍然要謹慎小心，腳踏實地，一步一腳印地走下去，讓我們繼續做個輕鬆的父母。

感謝老天爺，賜給我們三個健康的孩子，真是得來不易，應該感恩啊！隨著年事的增長，感到心地越來越柔軟，很容易受到感動，也很知足，很感恩。

感謝天，感謝地，感謝老天爺，感謝父母，感謝我的子女們。

操心的父母

普天之下，沒有不操心的父母。一個孩子，在漫長的成長過程中，經常會遭遇到許多不可預知的狀況。整個過程對父母而言，都是一種挑戰，一種學習，沒有經歷這個過程，就沒有真實的體驗。

回想起自己初為人父母時，第一次要為嬰兒洗澡時的窘境，就覺得好笑。我與妻子，一個抱，一個洗，都無法搞定，一聽到嬰兒哭叫，心就亂了，匆匆沾沾水就了事了。慢慢學習，終於把孩子養大，緊接著面臨教養的問題，希望自己的孩子是最棒的。

幾乎每個父母，都希望自己的孩子，不要輸在起跑點上。我也不例外，我讓孩子學跆拳道，跳舞，繪畫，笛子，鋼琴，作文，吉他等等。可是，現在他們都長大了，我還看不出這些才藝，對他們有什麼影響。回想自己的成長，沒有讀過幼稚園，小學六年，全校沒幾人穿鞋子，更談不上學各種才藝了。現在同樣自認為沒有輸別人多少，不如人的地方，都是自己努力不足，從不會認為是父母給的少。

父母的付出，一向都被認為是理所當然的。最傷心難過的，是孩子們言語的頂撞，不乖，態度不佳，叛逆不聽話。這些狀況，幾乎是每個成為父母的人，必須面對的相同課題。隨著孩子長大了，這些生活上的雞毛蒜皮，磨擦，傷心，早已抛到九霄雲外，煙消雲散，從記憶中消失了。

再也沒有比孩子順利平安的長大，更讓父母安慰的了。

雖然我自認為是一個輕鬆的父母，但是，我仍然要告訴天底下的孩子，普天之下，沒有不操心的父母。

我有三個小孩，老二比較平順，沒有出意外，老大老三都有很多操心。老大功課最好，北一女，台大，美國留學，讀書一帆風順。生活上却是意外頻傳，從出生那一刻，就出現了意外，嚴重黃疸，二度換血。讀幼稚園時，一日午後，妻子不在家，她邀同學到家裡玩，我讓她們自己玩，我趁機小睡片刻。不一會兒，突然鴉雀無聲，一片寂靜，心覺有異，起身一看，只見女兒蹲在地上，抱頭啜泣，原來是從雙層鋪上跳下來，頭部撞到地上，小朋友心生害怕，各自回家去了。

我見此狀，心生緊張，連忙抱起小孩，奪門而出，趕緊送去醫院，沿途嘔吐不止，更加深了內心的擔憂。這種擔憂，不是短暫的，延續了好幾年，深怕傷了腦部，有了後遺症。

讀台大的時候，更是荒唐。同學用腳踏車載她，她穿著球鞋，竟然腳跟也會被輪子絞傷，嚴重到不能走路，必須藉助拐杖。真是不可思議，而且是意外連連，每次騎機車出遊，都是摔傷回來。這些都是讓父母操心的往事。

最嚴重的一次，是在美國學成，準備回台前，與同學開車出遊，竟然在高速公路出了嚴重撞車事故，整部車撞爛。您知道嗎？聰明的女兒，竟然立即從美國打電話回來，告訴我們這個訊息，雖然她說平安無事，可是在台灣的兩老，半夜是焦慮不堪，又幫不上忙。眼見為憑，沒有親眼看到，是無法相信平安二個字的。這時候，才真正體驗到內心的煎熬，焦慮，比肉體的病痛還要難過。最後還要賠人家一台車子，因為同學說車子是她開的，事故是她造成的。

更絕的是，學成歸國，我們在機場苦等了四五個小時，竟然接不到人。我們帶著興奮的心情，提前到了桃園國際機場，看到字幕上出現班機準時降落，我們的心情越來越興奮，再過一個小時，就可以看到女兒了。終於看到有人提著行李出關了，我們兩老張大著眼睛，在人群中搜索著，尋找女兒的身影，時間一分一秒地過去，出關的旅客越來越少了，我們的心情，從興奮變成緊張不安了。

奇怪，怎麼沒看到女兒出現？旅客走光了，我更加地焦慮了，到底出了什麼事？尋問出關口的人員，沒人理你，他們無法體會你的心情，頂多叫你慢慢等，我已經等了三個小時了。我找到了出口處，與內部通話的對講機，每一部都是故障，沒有人跟你對話。

我簡直像熱鍋上的螞蟻，眼看著班機一班一班地降落，人群一批批地走光，就是看不到女兒。又是幾個小時過去了，最後終於看到女兒，一個人疲倦地拖著行李出關了。

原來是護照不見了，工作人員幫忙翻遍行李，就是找不到，又到飛機上去找，還是找不到。最後只好麻煩地補辦手續。

更怪異的是，一個月後，護照又在行李袋出現了，你說怪不怪，絕不絕？

老三是個男生，雖然有自己的想法，但不會頂撞父母，傷父母的心，卻也難免有意外，父母難免要操心。國三的時候，在學校打籃球，跳起來投籃時，被同學迎面一撞，整個人栽下來，雙手著地，結果骨折了。接到通知，匆匆忙忙趕到醫院，因為情況不明，沿途也是焦慮不堪，我很擔心，如果是右手骨折，馬上要參加高中聯考了，怎麼辦？到了醫院，確定是左手骨折，這時才鬆了一口氣。

運氣不好的時候，容易遇上烏龍。在醫院打上石膏，處理好後回家，過了幾天，心裡覺得有異，不放心，又帶到別家醫院，照X光檢查，此時證實了我的擔心，果然沒接好，只好打掉石膏，重新矯正，小孩子的骨格長得快，斷裂的地方，已經開始長出骨頭了，此時又要重新折斷再接。真是倒霉啊！孩子很勇敢，承受所有的折磨痛苦。傷在兒身，痛在娘心。幸好即時警覺到，否則一個月後，一隻手就是歪的。父母的焦慮是不停息的，不斷地擔心孩子的手，會不會有後遺症，三不五時，就把小孩的手，抓過來，端詳半天。

進入高中後，由於他的個性開朗，有自己的想法，他的創意常是同學模仿的對象。他很有同學的緣，却沒有導師的緣。有一次家長會的時候，導師竟然要他們的小孩，不要跟我的小孩在一起。這位導師，竟然不知道我的太太就坐在後面。真叫人情何以堪。台北市前四志願的公立高中，竟然有這樣的導師。小孩的功課不好，但我有自信，絕不是壞孩子。現在我的小孩從國外回來，這些同學還喜歡來找他。顯然導師和家長的阻擋是無效的。遇上了缺乏耐心和愛心的老師，徒然增加父母的操心。小孩讀高中這幾年，我沒有好心情過好日子。

常言道：百歲老翁常憂八十兒。不管兒子幾歲，在父母的心中，就是孩子，就會去掛念他，操心他。兒子在西班牙，紐約，獨自生活多年。孩子在海外，我看不到，管不到，也幫不到，操心也無用。孩子出國了，我反而寬心不少。他一回來，我又開始操心，每次回來，我都是想快快把他趕回去。因為他一回去，我又輕鬆了。

有一次，孩子要出國了，我們要送他去機場。他住台北，我們住山上，當我們依約準時來接他時，竟然千呼萬喚，無人回應。我與老妻急得如熱鍋上的螞蟻，焦急不堪，不知如何是好。此時，心中不好的念頭，不斷湧現，只好破門而入。

此時才發現，兒子全身酒味，在床上呼呼大睡，完全不醒人事，叫了很久，才把他叫醒。原來他那一群朋友，來為他餞行，喝酒喝到不省人事，連行李都沒整理，就呼呼大睡。要不是我們來叫醒他，恐怕睡到三天三夜才會醒來。

飛快送到桃園國際機場，還好，飛機還沒有起飛。

送走了兒子，我又恢復平靜的生活，不再操心了。

您一定會勸我，兒孫自有兒孫福，不要做個操心的父母，但是，您不覺得我操心有理嗎？為人父母，總是認為多一分關心，多一點提醒，只是舉手之勞，或許可以減少一些失誤，避免一些挫折。

為人子女者，何不多多體會父母操心背後的心意，不要一味地以囉嗦，厚話，煩，碎啐念等負面的心態來看待，而應更加地細心，體貼，主動表現，以增加父母的信心，減少父母的操心。

只要長大就很好
說來簡單做來難

父母那有簡單做
血脈相連怎能斷

愁他吃不飽
愁他穿太少
日日祈平安
見到才心安

內心的掙扎

一

窗外正下著大雨。

此時正是孩子上學的時刻。三個小孩正在穿鞋子，準備出門了。

「要不要送他們去上學？」我心中正在思考著。

孩子們沒有提出要求，平時我的教導，就是要孩子養成獨立的習慣，不要依賴父母。我也曾為他們講過，威爾遜不畏風雪上學的故事。

孩子出門了，我開始坐立不安了。

我在窗口望著，望著孩子下樓。

我又到樓梯間的窗口，伸頭去看，看著孩子在風雨中緩步上學。

我實在有點不忍心了。

「孩子，等一等，爸爸開車送你們去上學。」我的內心是這樣吶喊著，但是沒有說出口，內心掙扎著，我是怕讓孩子誤會與平日的教導不一致。

在國中，國小校門口附近，每天在上學放學的時候，總是擠成一團。現在父母對孩子，似乎保護過度了，上學放學都要接送，捨不得他們多走一段路。

我要孩子每天自己上學，自己過馬路，自己學習過日子。

我也有能力給他們多一些照顧，但是那麼多的照顧，對他們的成長是否有益，我經常這樣思考著。

二

我的行事、思考、判斷，常常受到自己成長環境的影響。在新舊交替的過程中，常常必須面對現實經驗及理想層次的掙扎。

在五〇年代，台灣農村社會的小孩能有衣食不缺的照顧就相當不錯了，很難奢談其他。那時的台灣鄉村，尚無法脫離貧窮的陰影，經濟的水準就是如此，整個社會風氣也純樸多了。每個鄉下孩子都很認命，很獨立，知道只有自己努力奮鬥，才能開創自己的未來。

經濟能力不足，物質缺乏，只有惜物惜福，節儉地過日子了。

那時候的小孩，能上學就很不錯了。從開學第一天就必須自己去上學，全校看不到有一位家長陪小孩上學的。日用品也是使用兄姊的剩餘物質，穿兄姐穿過的衣服，新衣只有在過年才買，而且買得十分寬大，可以穿好幾年，長高了，還可留給弟妹穿。每個小孩欣然接受，沒有人會去嫌那是舊的東西。

在那樣環境成長的孩子，個個力爭上游，並沒什麼不好。這樣的成長背景，影響了我對孩子的作風，我在教導小孩的時候，希望他們能獨立，不要處處依賴父母，而且要養成刻苦耐勞，勤儉樸實的生活習慣。

雖然以我的能力，可以給孩子更多的照顧，在整個社會上，為人父母者，都把孩子捧上天，都被譏為「孝子」，孩子要什麼有什麼，簡直是有求必應。

看看別人，想想自己，內心的確有了掙扎，別人能做的，我也有能力做啊！只是我堅持自己的理念。在時代潮流及個人觀念間，有了衝突，在判斷的時候，常常有了許多掙扎。

妻子不在家

「怎麼還不回來？」

到了放學時間，我就開始煩躁焦慮，靜不下來。

在客廳來回走著，趴在陽台，往下張望，孩子怎麼還不回來？

妻子在家的時候，好像從來沒有這種感覺，時間一到，孩子自然會回家的。

可是，這段時間，妻子不在家的時候，一到放學時間，我就開始期待孩子回家，沒有看到孩子平安回家，心就靜不下來。

孩子一個一個回家了。

只要孩子在我的視線範圍出現，他們不必做什麼，不必跟我說什麼，我就感到放心，感到滿足了。

奇怪，平日不會注意的家庭細節，妻子不在的時候，一一突顯出來。壓力似乎集中在一個人身上。

妻子在家的時候，不覺得她的重要，反而覺得她的嘮叨和囉唆。

有時我開車在高速公路奔馳的時候，她在旁邊提醒：

「慢一點，超速了。」

在山路開車的時候，她會說：

「讓路，讓後面的車子先過。」

在市區開車的時候，她會說：

「慢慢來，不要急。」

下雨的時候，她會在旁邊指揮：

「雨刷刷快一點，看不清楚。」

有時候覺得她干涉太多，我會說：

「是我開車，還是你開車，看清楚，看不清楚，我還會不知道嗎？」

平日覺得干涉太多，很煩的事，現在才發覺，多一分叮嚀，就是多一分關心。

孩子終於回家了，我的心也安定下來了。

「今天老師有沒有考試？」

「中午便當有沒有吃完？」

「有沒有被同學欺負？」

「有沒有被老師處罰？」

「回家功課做了沒？」

怎麼媽媽不在家，爸爸變囉唆了。

平日都是妻在處理孩子的事，我在旁邊聽，就可以了解孩子的一些狀況。

妻子不在家的時候，我會急著了解孩子在學校的狀況，變得好像在問口供似的，孩子自然覺得很煩了。

早上更麻煩了。

一方面我要急著上班，一方面要趕著把孩子叫醒，催促孩子上學。

沒想到，催促孩子上學，也是很麻煩的。

在學校，很多老師常責怪父母的，未盡到責任，讓孩子在家睡覺，遲到，不上學。我可不能成為老師心目中不盡職的父母阿！

好不容易，把三個小孩，一一送出去上學，我才能安心上班。

我不能丟下孩子，自己先趕去上班。孩子有沒有準時上學，會讓我懸掛不安。孩子也會埋怨，媽媽不在家，必須提前去上學。因為爸爸上班的地點較遠。單單孩子的上學放學，就讓我操心不少。一到放學時間，我就想急著回去，我希望孩子回家的時候，家中是有人，而不是空蕩蕩的。

現在才發覺，原來我家中大小事物，完全依賴太太在處理，我在外頭工作，十分放心。妻子不在的時候，這些壓力，又回到我身上。

存在的事物，往往被人忽略，一但失去了才覺得可貴。妻子在家的時候，好像忽略了她的重要性，反而嫌她煩，管太多，連我穿什麼顏色的衣服，都有意見，襯衫與褲子顏色不搭調，領帶花色不漂亮，她都要干涉，有一次朋友送一條皮帶，她也嫌與衣服顏色不配，她是學美術的，對顏色特別敏感，害得我穿衣變得很單調，不是白的，就是黑的或是藍色的，不再嘗試新花樣，以免被她嫌土。

這幾天妻子不在家，我的感覺全變了樣，內心空虛了，看不到孩子，就會感到不安、焦慮。這個家是不能沒有妻子的，妻子在家中的重要性是無法取代的。

妻在身旁常忽略
有時嫌她太拙劣
半輩日子廚房過
到老才知真卓越

相互照護是賢妻
老少美醜沒關係
賢良母愛家中心
幸福安康她維繫

搭乘火車的惡夢

高鐵通車後，台灣的交通，呈現百花齊放，相互競爭的局面，陸空多元化，爭奪客源，已呈現白熱化。台北到台中的客運票，已下殺至八十元，比停車費還便宜。南來北往，可以有很多不同的選擇。台灣的交通，實在太進步了。

看到眼前便宜又便捷的交通狀況，讓我回想到過去，不勝感慨。

高中畢業以前，很少外出，我的交通工具，就是腳踏車，對於台灣的交通，沒有概念。直到北上讀大學，才開始體驗到，台灣交通的擁擠不堪。讀大學期間，因為不忍心花家裡太多的錢，一律坐慢車。坐最便宜的火車，站站停靠，旅客擁擠不堪，又加掛車廂，速度又更慢了。

這種便宜的車票，沒有人數的限制，只要有人買，就會賣票，鐵路局大賺其錢。旅客盡量擠，擠得水洩不通，有時連車廂的門都關不起來，站務人員從外面幫忙推上來，車門才得以關閉，此時才真正體驗到，什麼是擠沙丁魚的滋味。萬一擠不上去，只好再等下一班車，沒有人會同情您。

這種擁擠不堪的情況，寒假返鄉過年那一次，最為嚴重，所以北部的大學院校，聯合為學生服務，加掛了返鄉專車，在學校登記買票較為方便之外，其擁擠的情況，完全沒有兩樣。在車廂內，完全沒有走動空間，如要上廁所，那就更麻煩了。不僅車廂內擠滿人，連那舊式火車頭的兩側都站滿了人，真是危險。每次過年返鄉，都是苦不堪言。這是四十年前，窮苦學生的往事，有錢人家的小孩，可以搭觀光號，也就沒有這種辛苦的體驗了。

自己會賺錢以後，升等坐對號以上的列車了。特別是有了孩子以後，必須保證有位子，否則無法承受。買對號車票，三天前排隊預購。農曆過年前的車票最難買，以前沒有網際網路，又不會找關係走後門，只好天沒亮就去排隊，排四個小時，還不一定買到票，萬一買不到，只好明天更早來排隊。

那時候，每年到了過年，想到要返鄉，就感到苦惱。

那個年代，不僅火車擁擠不堪，台北市的公車，也是人擠人，很不順暢。有一年，已經買好了火車票，高高興興要返鄉過年。捨不得坐計程車，從家裡提前出發，搭公車到火車站。沒想到過年前的公車，比平日更擠更慢，眼看時間不斷地逼近火車的時刻，內心越來越著急。好不容易到了火車站，我與妻子背著行李，一人抱著一個小孩，連跑帶衝，直往月台奔去。

此時列車已緩緩啟動，我背著行李，抱著小孩，勇敢地從前門一腳跨上去，回頭一看，發現妻子卻沒有跟上來。怎麼辦？那時候還沒有手機，真不知如何是好。待我定神一看，才看到站務人員幫忙抱起小孩，待妻子從後門跨上來，小孩跟著丟上來了。一路上下樓梯，狂奔過來，至此已雙腳發軟，心中恐懼不已。真是有驚無險的旅程。從此，每年要返鄉過年，內心有了恐懼感。

在我們兄弟中，我並不是最有錢，但是我最早買車，完全是為了一家五口，返鄉的方便。買車後，我就與火車無緣了。

現在看到多家客運，火車，高鐵，競相打折削價，吸引客源。看到現在，想到過去，現在的旅客，可以享受舒服便捷便宜的交通工具，真是太幸福了。

驚險那一刻
至今仍忐忑
安危一線間
深深引為策

往事歷在目
不堪回首苦
於今不見途
體驗不可無

搭乘火車不全苦
趣事連連不盡書
人生百態不覺孤
鐵道狂迷不避途

兒子在巴塞隆納

大女兒從美國留學歸國，小兒子又出國去了。

快到農曆過年那幾天，特別想念遠在巴塞隆納的兒子，有時天剛亮，腦海馬上想起，在遠方的兒子，日子過的如何？是否平安順利。心裡一直這樣惦念著。

每一次想念兒子的時候，腦海就會浮現，在機場送機時依依不捨的那幅景象。

國際機場人來人往，行李成堆，出國已經不是什麼稀奇的事了。

辦理登機手續後，在等待的時刻，我的心情突然感覺凝重起來。

郁涵、靖嵐、錦福輕輕鬆鬆的談笑，雖然我也面帶微笑，可是心情卻快樂不起來。不知道，一軒這次出國，何時才能回來。

大夥兒，高興地談笑，吃披薩。我似乎也感覺到一軒的心裡，也有幾分依依不捨。

通關後，一道玻璃牆把我們阻隔了。

一軒背著兩個行李袋，獨自前去，我們隔著玻璃窗頻頻向他揮手，一軒也不斷地回頭。身子向前走，頭卻往後看，幾乎要撞到人家了。

看到一軒不斷地回頭，我的眼淚幾乎要奪眶而出了。

我實在不忍心，讓孩子隻身漂洋過海，到一個陌生的國度。我的內心幾乎是這樣吶喊著：「一軒，不要去，現在就回來，機票不要了，我們全家生活在一起多溫暖。」

「到了打電話回來！」

我知道兒子已經聽不到我的叮嚀了，但是我還是看到兒子不斷地頻頻回頭。

我知道兒子的內心也是依依不捨的。

「這幾天常常想起一軒，你會嗎？」我告訴妻子。

「不會阿！我很習慣。」妻子這樣回答我。

「每一次想念一軒的時候，腦海中就浮現我們送機時，一軒頻頻回頭，依依不捨的那幅景象。我的眼淚就快要掉下來，一軒似乎是相當依依不捨，我看了很難過。」

「他哪有依依不捨。」妻子這樣說。

我不再說什麼！大家靜默了幾分鐘。

妻背對著我，低著頭，我走過去看了妻的表情，妻已經是淚眼汪汪了，已經哭紅了眼睛。

「你不是已經習慣了嗎？」我取笑著。

「爸，你就不要製造那個氣氛了嘛！」郁涵這樣說。

「父母都是會想念兒女的，你以前出國，爸也是常常這樣想念著，媽也是常常偷偷地掉眼淚。」

「媽媽就是嘴巴硬，常常偷偷掉眼淚，我特別叮嚀，打電話的時候，不能哭，否則在外面的孩子一定受不了。」

「爸爸是喜歡講一講，心情會舒服一點。」我又說。

「媽媽常常半夜起來打電話，或是一大早起來打電話給一軒，我知道媽媽是睡不著覺，在想念兒子，可是嘴巴硬是不說。」我告訴郁涵。

兒子去了巴塞隆納以後，發現報紙副刊常登有關巴塞隆納的文章，大概以前沒有特別去留意吧！

現在只要有關巴塞隆納的文章、消息，我會特別留意，詳細閱讀。

有一次，讀到一篇，我們台灣人遊巴塞隆納旅遊的文章，文中提到他在巴塞隆納遇到騙子、小偷。

讀了這篇文章以後，我又開始擔心起來了，兒子在陌生的地方，舉目無親，自己又很單純，沒什麼經驗，萬一掉了錢，掉了護照，怎麼辦？

擔心這！擔心那！這樣下去恐怕要得憂鬱症了。

想念在紐約的兒子

在每一個團聚的日子，尤其是我們的家族聚會，我的兄弟，以及侄子姪女們，全員到齊時，唯獨少了我的兒子不在現場，內心頓時感到低沉起來。親人團聚，應是個歡樂的日子，可是我的心情總是歡樂不起來，看到兄弟們的子女都在身邊，而我呢？我的內心正在想念著在遠方的兒子。

該是安定下來的時候了。在夜闌人靜的深夜裡，想到兒子還無法安定下來，沒有親人陪伴，獨自一人，在陌生的國度，努力打拼，內心感到幾分不捨。

第一次去西班牙的時候，內心有許多擔憂，但又說不出口，總感覺你是在逃避什麼。幾年後，從西班牙回來，你確實成長了許多，聽到你用西班牙語言，很流利地跟朋友對話，知道你在那裡的適應很好，也學到很多東西。

從西班牙回來後，我期盼你能安定下來，好好工作，努力建立自己的家業。一切比我想像的，還要來得好。你已經找到了人生的方向，知道自己要什麼。在我默默的觀察中，得知你的人際關係很好，待人處事，應對進退得宜，的確讓我放心不少。

爸是個安份的公務人員，一輩子過著朝九晚五的安定日子，原來我也希望你有個安定的工作，養活自己，成家立業，平安過一輩子，那就很幸福了。

爸是個保守有餘，開創不足的人。可是你不一樣，就在你開創的事業，短期間直線上升的時候，你卻又想到紐約進修。在爸的心目中，此時的你，已算是高收入了，怎麼捨得把工作放棄，幾年後從國外回來，時空環境改變了，重新建立人脈，恐怕沒那麼簡單。

爸是個保守的人，一個工作做一輩子。而你不一樣，勇氣十足。

回想到小時候的你，並不是這樣。高中的時候，還只是想開一家雜貨店，可以養活自己就好了。可是現在的你，卻是要走在時代的尖端，你要的是最時尚，最頂尖的東西，所以你要到國際的大都會去看，才能掌握時代的潮流。

現在的你，是很有國際觀的。

「現在出國，就像到高雄那麼簡單。」在機場送你去紐約時，你看到我難免有些依依之情，有些擔心，故意輕鬆的說。

現在的你，知道你要的是什麼，想學什麼。你要的大概不是賺多少錢可以滿足的。你想建立的是，在你的專業領域中，是權威，是領先的地位，所以你要去學台灣沒有的東西。

既然是這樣，爸也沒什麼好說的，只好默默地支持你。

很高興你具有許多，爸所沒有的特質。爸那麼保守，安於現狀，缺乏冒險的精神，而你卻擁有改變現狀的能力，勇氣十足，勇於接受挑戰，你有國際觀，能夠掌握時代的脉動。這些年來的歷練，我知道你能照顧自己，但是為父的，仍然免不了有些多餘的担憂。尤其是在夜闌人靜的深夜裡，想到兒子獨自在海外打拼，總是感到不捨，我們有個溫暖的家，原本可以不必在外面冒著風寒，忍受孤獨和寂寞。想到這裡，又是一陣鼻酸。

在團聚的日子，難免會想念在遠方的兒子。總希望孩子能早日學成回國。

紐約暴流感
為父很為難
真想喚兒歸
心懸日難安

機場送子留學去
依依不捨短暫聚
盼望平安早歸來
無風無雨全無懼

紐約西班牙
孩兒走天涯

千山隔萬水
勇闖都不怕

昨日夢歸家
英挺騎駿馬
溫文又儒雅
鄰人都來誇

平安就好

我從小就是一個沉默寡言的人，不擅長跟人聊天，不喜歡講話，總覺得話多是一種浪費，意思表達清楚，溝通沒有障礙就可以了，我已經聽懂了，瞭解了，還講個不停，我會顯得有點不耐煩。

我一直認為講話要講重點，沒有意義的話講一堆，有什麼用。

後來我發覺能聊天，會聊天也是一種本事。我開始佩服會聊天的人，他們的人際關係似乎比較好。

最讓我羨慕的是，能跟自己的父母，東南西北聊得很愉快的人，能跟自己的子女閒聊的人，也是讓我佩服的。我常常反省自己，這是我的缺點。話不多的人，不會講一堆無關緊要的話，總是在非講不可時，才講一些重點，這些話，不外乎在表達自己的理念，指導，糾正孩子的行為，一定不是很好聽的話，當然不會受歡迎，對孩子而言，不認為您嘮叨才怪。

話不多，反而惹來嘮叨的惡名，豈不冤枉。

慢慢我也體悟到一枝草一點露的道理，孩子自有一片天，時代不一樣，成長背景不同，孩子不一定要跟我過一樣的生活，何況我的想法也未必是最好的，只要不離經叛道，也用不著我去指導糾正了。

孩子有自己的資質，無論如何是改變不了的，一棵松樹的種子，你無法讓它長成柏樹；一粒絲瓜的種子、你無法讓它長成南瓜。唯一能做的、就是給予好的環境，讓它順利的發芽成長。

想到這裡，我的心更寬了，話更少了。

童年時候的孩子，童言童語話很多，長大後的孩子，話也少了，有事來報告，無事去讀書。孩子每天在我的視線範圍內成長，我就可以很放心了。

讓孩子們自由飛翔，每天快樂上學去，平安回家來，不讓我擔憂，我就覺得很幸福了。我的幸福標準很低，所以很容易滿足。

孩子不一定要考一百分，拿第一名，我才會高興。只要該回家的時候，準時回家，我就很滿足了。孩子太晚回家，我會寫個伊媚兒，「風這麼大，天這麼黑，孩子為什麼還不回家。」來表達我的擔憂。

該回家卻沒有回家，那就是擔憂的時刻，是不是被老師留下來處罰，或是遇上了校園霸凌，甚至被綁架，也有可能遇上交通事故。

總之，担憂的事情一堆，即刻湧上心頭。

我深深地體會到，心靈的煎熬，承受的痛苦，是任何榮耀無法彌補的。

平安，是我最簡單的幸福指標。我自己要平安，保證平安，不能帶給家人担憂。孩子也要平安，我不奢求什麼，我最簡單的願望——就是只要——平安就好。

可是有人比我更寬心，更瀟灑，他們說——

只要活著就好。

子孫天地寬
平安不惹煩
適性得發展
快樂不平凡

幸福很簡單
只要找平安
平安何處求
安分不妄貪

感恩妻子

很多人羨慕我能過山居生活。的確，想要過山居田園生活，必須要有很多條件，條件比我好的人很多，也想過山上的生活，但是始終未能如願，主要因素是夫妻無法配合。

我從年輕的時候，就問始追求田園生活，感激老天爺的幫忙，感謝妻子的相伴相隨，才能天天在大自然中，過著人人稱羨，神仙般的生活。

在我的這一生當中，要感恩的人很多，除了父母以外，首先要感恩的，當然就是妻子了。她，很辛苦的幫我生了三個小孩，而且是有男有女，雖然男生女生一樣好，有男有女豈不更好。在小孩撫育的過程中，也是她挑起大部分的工作。上學校後，與學校老師的溝通，由她出面，家長會由她出席·孩子的事，我幾乎不聞不問，頂多扮演著，陪孩子玩的好人而已。因此我才能全心全力投入工作和創作。我這個當父親的，雖然觀念很新，態度却很傳統，只會指導孩子，而不太會與孩子閒聊。有關孩子的事，我常常要跟太太打聽。我的外表嚴肅，內心脆弱，感情尤其豐富，孩子在國外，難免想念，我怕我的情緒會影響孩子的心情，總是不敢直接面對，只能靜靜地在旁邊聽太太講電話，了解孩子的狀況。只要知道孩子平安，就放心了。每次接到孩子從海外打回來的電話，總是顯得很緊張，以為有什麼事，需要什麼，與孩子的對話很刻板。只好請太太來接聽。

這些年來，已經養成依賴太太的習慣，凡是我不想面對的事，就請太太出面。這種相互依存的習慣，使我們無法分離，只要她不在身邊就覺得不自在，好像失去一個好幫手・過去都是我一人去找水源，接水管，覺得很辛苦，但是昨天我們一起去找水源接水管，我就覺得好玩多了。

感謝妻子願意在山上跟我一起工作。我喜歡山林生活，有太太作陪，和個人獨居，相差很多。我很滿足現在這種平靜的生活，只要有太太相伴相隨，日子可以過得很簡單，她讀她的書，我寫我的文章，安定平安的生活，就是一種幸福。

我認為女人是幸福的主宰者。感恩妻子為我們的家創造了幸福，沒有她的溫柔，或許就沒有孩子的乖巧；沒有她的犧牲，或許就沒有我們的今天。在她的心中，只有孩子，只有這個家，我不知道孩子有沒有感受到，但是一切我都看在眼裡。

她的這一生，一直扮演著我的好幫手。她有很好的才藝，能粗能細，能屈能伸。過去我們愛玩石頭，常去海邊撿石頭，大石頭要兩人才抬得動，需要她幫忙。當我要出版新書時，她也會幫忙畫插圖，讓我的書更生動。最近我們心血來潮，想要玩茶，她也會拔草施肥，採茶製茶。您不認為她能文能武嗎？

我是個很容易滿足的人，有了妻子的相知相隨，一路走到老，不必做大官賺大錢，就很幸福了。

我必須感恩妻子，她是我們家幸福的源泉，沒有她，我們的家就沒有這麼圓滿。因此我要鼓起勇氣，大聲地說一句，我從來沒有說過的話——

謝謝您，我心愛的妻子‧您辛苦了。

感謝兒女

隨著年齡的增長，閱歷的增加，心境逐漸柔軟起來，感動的事物越來越多。每天有一個感恩的時刻，可以提升心靈的層次。

不僅感謝父母的養育之恩，感恩師長的教誨，感恩生命中的貴人，最近也想到要感謝，我們一手養大的孩子們。

真是何其幸運，我有三個四肢健全，耳聰目明的兒女。感謝老天爺，感謝子女們自己帶來了福報，避開了百分之一的機率，讓我們做父母的，沒有做得那麼辛苦。

孩子要變壞，要叛逆，有時是很無奈的。我們看到許多，父母的水準很高，孩子仍然出了問題。感謝孩子，你們一路走來，都很聽話，循規蹈矩，讓我這個做家長的，沒有被學校的導師，訓導處約談過，也沒有接到警察局的電話，要我半夜去把孩子領回來。孩子，謝謝你們，你們沒有讓在教育界服務的父母漏氣丟臉。你們的表現，的確減少了我們多少操心啊！

也許是現在的資訊比較發達，讓我感覺到，好像怪病越來越多，常看到許多罕見疾病，醫藥無法治療的怪病。孩子，感謝你們健康的長大，你們很少進出醫院，在健康方面，也很少讓我們操心。看到許多父母，帶著孩子四處求醫，算命問神。真是何其幸運啊！我沒有無奈到，被逼去做一些愚昧的行為。孩子，謝謝你們平安健康的長大。

現在升學競爭相當劇烈，升學壓力很大，你們也都很順利找到理想的學校。學校畢業後，我也很擔心工作難找，我們沒有社會背景，沒有人事關係，沒有結交達官貴人，不知道能不能找到理想的工作。那時我也感到歉疚，在這方面使不上力，幫上忙。沒想到你們靠自己的真本事，找到了理想的工作。孩子，你們一定要記住，凡事求人不如求己，只要有真本事，即可行遍天下。

當我看到那些年邁的父母，在照顧癱瘓的兒子，在服侍無法自理生活的孩子，我落淚了，我感到心酸。

社會上不幸的家庭比比皆是，而我是多麼幸運，能過著幸福快樂的日子，我是多麼滿足，多麼感恩啊！孩子，我是多麼感謝你們，有你們的參與，我才能過著幸福快樂的生活。

比起別人，我這個為人父母的，實在有夠輕鬆，我的付出沒有別人多。孩子，你們靠自己的力量，得到你們該得的，來日方長，今後你們還是一樣，要腳踏實地，一步一腳印地走下去。現在你們已經成家立業，已經為人父母，但是，千萬要記住，你們仍然是父母的孩子，你們的任何表現，任何遭遇，都會牽動父母心中的那根弦。

孩子，我之所以有今天，也是因為有你們，謝謝你們，你們一定要繼續努力，奉公守法，讓我們繼續過著安心知足的日子。

有女萬事足

惜物惜福是我從小在農業社會培養起來的，根深蒂固的觀念。凡是可以用的東西，絕不隨便丟棄。

這是一種美德，可是也會帶來困擾。很多目前用不到的東西，總認為將來或許用得到，都捨不得丟掉，因此要有很大的儲藏室，來堆置物品。

東西要用到能再用，用到壞掉為止。

這就麻煩了，現代的東西都很耐用，您曾聽說過，有人把衣服穿破，把鞋子穿壞嗎？四十年前的西裝還可以穿，只因我的身材沒變。您想想看，穿了十年，已經發黃的襯衫，已經破皮的鞋子，還在穿，那是一副什麼樣的德性。

太太已經二十年沒有為我買新衣新鞋了，可是却經常自己買新衣。

「穿不了，還買。」櫥櫃已經塞不下了。

「女人嘛！總是愛新鮮。」

「二十年來，我沒有買過新衣服。」我埋怨地說。

「你的衣服不是穿不完穿不破嗎？不敢跟你買，買了又要挨罵。」說的也是。

每隔一段時間，太太總要清理一袋一袋的衣服，拿去回收，我是覺得很捨不得，有的只有使用過一、二次，實在太浪費了。

讀者諸君，讀到這裡，恐怕不禁要懷疑，您不是在當老師，當主任，當教授嗎？如此穿著豈不太寒酸，太躐蹋嗎？

諸位真是多慮了。雖然我從不逛百貨公司，可也百貨不缺，經常穿新衣戴新帽。只因我有一體貼的女兒，從頭到腳，她都包辦了。

貼心的女兒，我穿幾號的鞋子，多大的襯衫，她都很清楚，每次拿回來的鞋子，都是恰到好處，穿起來十分舒適。參加宴會有皮鞋，登山有登山鞋，旅遊有休閒鞋，近年來常住山上，過著田園生活，連工作鞋，雨衣雨鞋，都送來，無不具全。

看到我的頭頂發亮，戴上帽子，看起來年輕多了，於是又帶回來各式各樣的帽子。去年跟妻子到泰國旅遊，我和太太都戴了帽沿特大，式樣不同的遮陽帽，曾經在台灣讀中原大學的導遊，十分喜歡，於是二頂都送給她。在外面從未看過這麼別緻的帽子。

看到我喜歡泡茶，又帶來唐裝茶服。知道山上很冷，又帶來可以抵禦海風的大夾克。我不怕冷，一年難得穿上二次。我的生活很簡單，需求不多，女兒帶回來的東西，讓我用不完。

諸位一定要反問我，您自己那麼節儉，怎捨得女兒花錢。不錯，問得好。不過，女兒總是說，這是辦公室的福利品，每次都登記老爸的尺寸。是真是假也就不得而知了。有一年，妻子獨自去美國一個月，也是靖嵐這個女兒，每天下班就趕緊買便當回來。因為她知道老爸有點宅男的特性。不愛在外面吃東西。

現在你也應該知道，什麼叫有女萬事足了吧！不只是精神的安慰，真的是衣食無缺啊！

女兒萬歲

「自己一個人在家？太太在山上住不慣嗎？」很巧合，每次妻子不在家的時候，山居就有訪客。

「回娘家去照顧年邁的父母。」雖然我這樣解釋，訪客難免存疑，心想一定是不喜歡住山上；否則，怎會每次都看到我一個人孤孤單單住在山上。

「伊父母幾歲，伊外家厝沒人照顧？」

「兩老都八十幾歲了。有兒子，很有成就，也很會賺錢，但是長期住在國外，媳婦、孫子，都在國外。還好生了四個女兒，現在就靠四個女兒輪流排班照顧。聽說早年曾經準備把女兒送人當養女，還好沒有真的送走。」

「養兒子做什麼？女兒嫁人，是人家的媳婦，也有公婆要照顧。」山上的人還是很傳統的，不知道外面的世界，已經變成什麼樣子了。

「再苦也是要分担，畢竟是父母。」

「四個姐妹，有沒有住在附近？」

「天南地北，分散在各處。我太太比較辛苦，我們住在偏遠的山上，交通不便，這裡沒有公車、沒有火車，沒有捷運、沒有高鐵；回去一趟，要折騰半天；所以我就買了一部車子，讓她開去。」

「年紀大了才學開車，很危險。一星期有二天，自己一個人在家，會不會寂寞，到我家吃飯吧！」

「我是習慣一個人與大自然生活在一起，不過，每次太太出門，開車要開幾個小時，我是有點擔心的。」

「既然兒子媳婦不照顧，不如乾脆送去養老院。」

「我岳母已經無法走路，曾經有一段時間，送到護理之家。但是，還是一樣要求女兒輪流來陪伴，一天看不到自己的親人就會吵鬧。後來我太太認為，既然無法減輕人力，不如回家。」
「她們姐妹不上班，媳婦都要上班嗎？」
「兒子偶而打電話回來，就很高興，說越洋電話很貴。媳婦在美國，在加拿大。四個姐妹都是已經退休的人了。兒子媳婦，無法要求，只好要求女兒，我岳父每天做紀錄，今天那個女兒回來，幾點回來，幾點回去，記得清清楚楚，並且拿給她們看，給她們壓力。只差沒有設個簽到簿，定期考核打分數而已。」
「還是女兒好，幸好我也有女兒。」
「現在我們為人父母的，也要覺悟了。我曾經讀過很多文章，描述著照顧年邁父母的，都是笨笨的，不會讀書的孩子。孩子有成就，當大官，賺大錢，只不過是父母臉上有光，可以對外炫耀罷了。只不過打個電話回來，說幾句好聽的話，就誇他孝順，這是很傷身邊孩子的心。受苦受罪、受你嘮叨，承受壓力的是身邊的孩子，他才是我們的寶啊！我們都忘了稱讚他。我們一定要覺悟，女兒不會比兒子差，笨的不會比聰明的差，不會讀書的不會比會讀書的沒有用。」
訪客聽我這麼說，點頭稱是。

活到老寫到老

到目前為止，我已經出版了三十本書了，從三十歲出版第一本書以後，平均每一年都出版一本書。退休以後，寫作更勤，但由於出版業不景氣，想出書就沒有那麼容易了。

我從高中就開始寫作投稿了。在升學壓力很重的高中時代，寫作投稿都是偷偷地來。我就讀的彰化中學，文風很盛，熱愛寫作的同學很多。當時喜愛新詩的同學，投稿的園地，是野風雜誌，民聲日報的詩展望，還有校刊。同班同學，楊機動，陳奇合，莊新福和我，在詩人古貝的指導下，創辦了「新象」詩刊，因為我沒有零用錢，無法繼續出資。只出版五期就停刊了。我們這些同學，畢業後，勞燕分飛，從未聯絡，音訊全無，不知他們是否繼續寫作。

在高中時代，除了寫新詩，在校刊發表外，我的散文，也能在新生報副刊登出，看到同學在圖書館圍著讀我發表的文章，我感到無比的榮耀，同學們非常羨慕我的文章能在報紙副刊登出，但是他們沒有體會到，退稿寄到家裡時，父親罵我不務正業時的感受。

讀大學以後，寫作更自由，寫作的領域更寬敞了。能繼續寫下去的動力，來自於發表的園地，我必須感謝那些曾經登載過我的作品的刊物，尤其要感謝主編的賞識，我的文章才有發表的機會。我能夠出版這麼多書，到現在還有勇氣繼續寫下去，必須感激在學生時代，遇到的那些主編，他們的刊登，就是最大的鼓勵。

剛練習寫小說時，就有幾篇在聯合報副刊登出，我還不知道的時候，同學就讀到了。這是多麼大的鼓舞啊！

後來不僅寫文藝性的作品，也寫學術性的論文。當時的東方雜誌，中華文化復興月刊，大陸雜誌，都曾刊登我的作品。這是對我最大的鼓勵，如果在學生時代，沒有得到這麼多發表的園地，大概也就沒有勇氣繼續寫下去了。感謝他們的厚愛，讓我熱愛寫作的興趣，歷久不衰。

現在寫作對我而言，已經不僅是興趣，而是一種習慣。

在我人生的每個階段，都發展出不同的興趣，但我都能以寫作為軸心，透過文字的表達，將我的心得傳播出來，與人分享。當我熱衷賞鳥的時候，寫了許多賞鳥的文章；喜愛賞石玩石的時候，我也發表了玩石心得。養蜜蜂的時候，我也把養蜂心得寫下來，與人分享；愛茶，享受山居生活，也分別紀錄下田園生活的樂趣。很高興，這些文章，都能結集成專書出版。

我的興趣十分廣泛，非常多樣。不論做什麼工作，做何休閒，我都能以寫作為軸心，把它貫串起來。最主要的目的，就是與人分享。

學海無涯，唯勤是岸，因此，我們要養成終身學習的習慣，活到老，學到老。做了一輩子的公務人員，退休之後，當然可以四處遊玩享樂，生活全是休閒娛樂，輕鬆固然很輕鬆，但是我總是覺得，不夠踏實，不做點正事，好像欠缺什麼？

我對人生似乎還有一種使命感，我實在不願意，我就這樣過了一生。於是，我把工作當休閒，休閒也是在工作。我是個文字工作者，我要透過寫作，把休閒與工作串聯起來。寫作是我的興趣，也是我的習慣。我要活到老，寫到老。

我寫故我在

我把寫作的興趣，發展成習慣以後，終於能夠做到，活到老，寫到老了。

哲學家笛卡爾的名言，「我思故我在」，而我更具體的體驗到，我寫故我在，思想透過寫作而成形，是傳達思想，訊息，與溝通的工具。寫作讓我體驗到生命存在的意義，目的，和價值。

日子是不停地流逝，不論如何繽紛燦爛奪目，最後總是船過水無痕。懶散，過一天；精進，也是過一天。吃喝玩樂，可以過一天；工作不懈，也是可以過一天。想要過什麼樣的日子，完全是自己可以自由選擇。

而我選擇寫作，寫作可以讓日子不留白。只要有動筆寫作的日子，就會讓我覺得很充實，日子沒有白活。讓我覺得生活過得很有意義。

當我提筆寫作的時候，就是讓心靈沉澱的時候，將思緒做個整理和反省。每當完成一篇作品的時候，內心總是感到無比的興奮，安慰，與滿足。不論別人的看法如何，每一篇作品，對自己都有深刻的意義，都想細心去呵護它，就像是對自己的每一個孩子一樣。

寫作讓我得到心靈的滿足，讓我感受到確確實實的存在，那是沒有任何一個東西可以取代的。因為自己的心靈，智慧的結晶，是獨一無二，而且是永恆的，永久有效的，別人奪不走的，無法取代的。

每一個人的口袋，都有幾張鈔票，不稀奇，雖然有多有少，但，都是等值流通的，鈔票上不可能有您的名字。高官厚祿，或許有人稱羨，在位掌權時，門庭若市，爭相巴結，一旦失勢則門可羅雀，甚至於不小心成為階下囚者，亦有之。最後感概人情薄如紙，徒呼負負，其奈我何！

富貴於我如浮雲，唯有寫作肯定了我人生的價值，文章一篇一篇地完成，書一本一本地出版，這種內在的喜悅和滿足，充實了生命的內涵。我寫故我在，寫作的時候，正是我內在心靈的自我對話，此時才掌握住自己真實的存在。

在這個大千世界，人海茫茫，人來人往，往事如過眼雲煙，無法永遠駐足停留。往事皆是驚鴻一瞥，稍縱即逝，偶而透過作品的分享，可以喚醒三十年，五十年前老朋友，老同學的記憶，知道此人還健在人間，這又是「我寫故我在」的另一種詮釋。

作品發表後，能夠引起讀者的共鳴，得到讀友的回應，從各地打來電話時，突然讓我覺得，寫作讓我存在陌生讀者的心中。偶而也有熱心的讀者，不遠千里，跑到山中找我，也讓我覺得，寫作讓我在陌生讀者的心中活起來，知道在遠方的山中，有個作家的存在。

我寫故我在，寫作讓我找到存在的價值。

我寫故我在，寫作讓我喚醒友人的記憶，存在熟識友人的心中；同時也存在陌生讀者的心中。

因為我體悟到，「我寫故我在」，所以能活到老，寫到老，直到永遠。

正是——

我寫故我在
讀書寫作愛
湖海各有志
怎能笑我呆

我是心靈的富翁

我們常說命好不如習慣好，對這句話，我有很深的體會。好的習慣會影響價值判斷。我從小就有很深的惜物惜福的觀念，有用的東西，不會輕易丟掉，看在別人的眼裡，也許是過度節儉，而我自己却覺得很滿足，這是因為我對物質的需求量很低，很容易滿足。

莊子說過，嗜欲深者天機淺。物質的追逐是永無止境的，慾壑難填，這山望那山高，人比人氣死人，也就有了求不得之苦了。

可是，如果我們能夠，回到內在的心靈世界，把對物質的追求，放消極一點，對精神的追求，放積極一點，那就不一樣了。

心靈世界如湧泉，愈用愈出，取之不盡，用之不竭。

每天清晨，打開眼睛，看到燦爛的陽光，呼吸到新鮮的空氣，我就感到很滿足，很感恩。像陽光和空氣，這麼平常，幾乎讓我們忽略它的存在，更談不上去感恩它了，如果沒有打開心靈，就不會感受到它對我們生存的重要了。

有時讀到一篇好文章，或一本好書，也會感恩作者願意貢獻他心靈的結晶，與人分享。當我的心靈受到感動的時候，也願意讓人分享我的心靈世界。心靈世界就是愛和感恩，因為愛，讓我們懂得寬恕，願意助人。因為感恩，讓我們更容易知足，知道許多東西是得來不易。

有了悅耳的鳥叫聲，不必有高級的音響，那就是最美妙的音樂了。

有了濃密的樹蔭，加上微微的涼風，不必有空調，那就是最舒適的環境了。

大自然讓我的心靈越來越充實。帶著小孫子觀察蜘蛛結網，知道什麼是天羅地網。帶著小孫子觀看螞蟻運糧，知道什麼是人小志氣高，團結力量大。

一花一天堂，一沙一世界。不論是一沙一石，或是一草一木，皆能讓我們神遊其中。不知日之將暮。

雖然我的銀行沒有很多存款，只要衣食無缺，我就很滿足。

雖然沒有穿過名牌衣服，戴過百萬名錶，帶有品牌的手提包，穿名牌鞋子，開數百萬的跑車，我仍然活得很自在，很有品味，這是因為我的心靈充實，內心不空虛，在物質上不會跟別人較量。

在工作上，有能力照顧別人的時候，我也很樂意培養人才，提拔人才，從不排斥他人，無不可用之人，愛如泉湧，寬恕和包容，使我們所向無敵。

在家庭，對孩子也沒有特別的要求，因為我知道，每個孩子都有他要走的路，有他要扮演的角色和任務。我只要他們平安長大，我的標準不高，所以我不煩惱。

我不住豪宅，沒有華麗的打扮，在別人的眼中，我並不富有，可是因為我的慾望不高，很容易滿足，我所擁有的，已經讓我感到自傲了。我擁有賢慧的妻子•健康的子女，這是我最大的財富。

我感恩我擁有的，從未注意我缺少的，所以我很富足，我的存款不多，但是我是心靈的億萬富翁，我的內心充實，知足，快樂。

只要你願意回到內心的世界，你也會成為心靈的富翁。

走過千山學知足
閱盡古今不多圖
後退一步海天濶
喜樂平安心靈富

贏得天下未必富
平安喜樂得自主
失去自我才是窮
感恩惜福全滿足

活得有尊嚴

奉獻了一生的青春歲月，結束了三十年的公務生涯，我的晚年也得到了保障，可以過著衣食無缺的生活，不必伸手向子女要錢，算是可以過著有尊嚴的生活。

可是最近，我看到一些現象，我警覺到，想過有尊嚴的晚年生活，還要做許多努力。我不在意生命的長度，長壽未必是好事；我在意的是生命的厚度和深度，我希望我活著的每一段生命，是有品質的。

我發現現在的社會，許多老人過的很辛苦。環境差的，不用說了；環境，還可以的，請個外勞照顧，子女還能輕鬆放心在外打拼。可是當我看到，外勞帶著老人，當街小便，或是拿著垃圾桶，就在街口解褲拉尿，我感到很難受了。

當我在醫院，看到老人，全身不穿衣，讓看護在擦身體，或把屎把尿時，我心更寒了。於是我發願立誓，我要過有尊嚴的老年生活。

我看到許多老人，任外勞擺佈，完全失去自己的意志，之所以如此，就是因為老人長久不用腦筋，太好命，過著飯來張口的日子太久了，腦筋退化了，最後是神智不清，任人擺佈。為了避免這種現象的發生，我退休後，更勤於用腦，每天寫文章，寫日記，寫部落格，上網發伊媚兒，拉南胡，我不想讓我的腦筋生鏽，我希望我的腦筋，永遠清楚靈活。

想要過有尊嚴的老年生活，保持腦筋的清楚靈活，這是首要的條件，才能確保不受欺負，得到善待。我的意思，並不是表示我們的社會已經不尊敬老人了，而是說，在老人無法清楚表示自己的意志時，在現代的社會，會用最簡單的方式來處理。特別是將老人託付給外勞以後，產生的狀況，往往是不清楚的。

我們都知道「戶樞不蠹，流水不腐」的道理，我們活著就要動，凡事自己來，一定要活動，要記住，活著就是要動，腦筋要動，身體也要動。

退休後的生活，每天的生活規劃，運動練功的時間，就要佔相當的比例。運動是確保活著就要動的基本方法。

我的慾望不高，生活簡單，要求不多，這輩子，從來沒有想過升官發財的事。我這一生，不一定要活很久，很長壽，但我希望我活著的每一天，都很健康，很紮實，很有內容，很安心。

我希望活到生命的最後一刻，我都能行動自如，自理生活。在我的生命該結束的時候，不拖泥帶水，迅速劃下句點，我不希望我的晚年，給子女帶來麻煩。

在這個社會，老人是下一代的負擔，我希望我能過著有尊嚴的老年生活，帶給下一代悲傷，麻煩，憂心，負擔，都是我不願意的。

最好能夠預知時至，把我自己這一生所有的事情，都能親自處理完畢，不假手他人，不帶給任何人麻煩。我這一生，自立更生，從不依賴他人，如果能自始至終，貫徹這個理念，那就太完美了。

我這個小人物的願力不大，能不能達到，不知道，但是我會盡人事而聽天命，做我該做的事。但願老天能明鑒我心，成全我的願望。

我會朝著目標去努力，才能真正過著有尊嚴的老年生活。
我想這不是我一個人的願望，而是大多數人的願望。

生命有尊嚴
健康是首選
自在不缺錢
幸福在眼前

生命不只一口氣
尊嚴全因得密契
苟延殘喘不如棄
行屍走肉更可議

唯有老伴護一生

近年來，過去的老同事，相繼得重病，內心有無盡的感傷。

剛從安寧病房，探視一位癌症末期的病人回來，心情跌到了谷底。人生果真是一趟未知的旅程，來去匆匆，稍不留意，就已經走到了盡頭。人生未滿半百，尚未達退休的年齡，正是大有可為的時候，卻躺在那裡，數著最後僅存的日子，瘦得皮包著骨頭，讓我一眼無法辨認。

看到這一幕，能不感慨哀傷嗎？

正值英年的老公，只好以醫院為家，學校醫院兩頭跑，身心的折磨，不亞於病人。細心地陪伴在身邊，靜靜地陪她走完人生的旅程。貼心的女兒，時時按摩，以減輕病苦。

近年來，進出醫院探視病人的次數多了，逐漸感覺到老伴的重要了。真正能長期陪伴在身邊，長期照顧的，唯有自己最親近的人了。

我們也看到許多吵鬧過一生的夫妻，最後病倒的時候，也是老伴一肩挑起，承担沉重的照護工作。我們也看到，許多飛黃騰達，在社會上叱咤風雲，不可一世的人，到最後病倒的時候，也唯有靠老伴來陪伴照顧。

也許您的為人四海，交遊廣濶，來探病的人，或許如潮水，一波又一波。除了在門面上，得到一點虛榮感之外，對病人及家屬，又有何助益呢？除了要對不同的訪客，述說相同的故事，一遍又一遍述說病史，不斷地觸痛傷心的往事。家屬實在累了，要照顧病人，又要為訪客說傷心病史，只好要求大家，不要來探病了。

這時候，才真正體會到，再多的外人，都比不上自己的親人，這也是親人無可逃避，必須承担的責任和義務。

再壞，也是自己的親人。

再好，也是外人。

家和親情是無法被取代的。

奉勸迷戀社交場所，喜歡交際應酬的人們，不要忽略了家庭，不要忽略身邊的人，老公對老婆好一點，老婆也要對老公好一點，因為唯有老伴才能護一生。

老婆老公疼
老公老婆寵
相互護一生
牽手情意濃

英雄氣短病折磨
豪氣耗盡無你我
自家肌寒自家理
唯有老伴來做伙

飛黃騰達門庭盛
轉眼羅雀幾人剩
借問病苦誰人替
唯有老伴護一生

家不是枷

很多人喜歡沉迷在燈紅酒綠五光十色的社會裡，迷戀於歌台舞榭的生活，在五花八門，花花綠綠的社會，流連忘返，不想回家。

我每天一早就出門，很晚才回家，可說是早出晚歸；但是，一天工作結束後，總是急急忙忙，趕著回家，絕不在外逗留，流連忘返。無論如何，總感覺到，只有回到家，才是徹底的解放，才能得到真正的休息。

每天在外，衣著必須整齊，衣冠楚楚，言談要得體，待人要彬彬有禮，言行舉止都要時時留意，是否有損形象，但是，只要回到家中，就不必有這些顧忌，在家中那有形象不形象的問題。下班後，只要登上公寓的樓梯，我就開始把領帶放鬆，邊爬樓梯邊把鈕扣鬆開。有一次，一開門，進入客廳，孩子驚見之下，以為我喝醉酒，竟然如此衣衫不整，他們不知道，我是如此迫不及待地要求早一分鐘得到解放。

家，的確是一個不必有約束，真正可以解放的地方。在家中，可以穿著拖鞋，或打著赤腳，穿著內衣短褲，是多麼舒服自在。在外吃飯應酬，實在不喜歡，等那些不守時的人，耗時間，在家中，只要飯菜做好，想吃就吃，而且不必顧慮到吃相是否雅觀。像我喜歡喝熱湯，喝熱湯，難免不發出一點聲音；在外面應酬吃飯，我就必須時時警惕自己，慢嚼細嚥，不可發出聲音，在饑渴的時候，碰到好吃的菜，狼吞虎嚥，也是一樂。如果還要偽裝自己，注意吃相，實在也是妨害消化的的事。

自己建立的家園，就是屬於自己的王國，回到自己的王國，當然可以隨心所欲，只要我們不侵犯到別人的王國。蹺起二郎腿，只要覺得舒適，能消除一天工作的疲勞，根本不會去顧慮坐相的問題，在家中的生活起居，是無關於形象的問題。泡壺茶，看看書，要躺要臥，可以隨自己的興致，在外面那裡能夠隨心所欲呢？即使是五音不全的破嗓子，在飯後，來個高歌一曲，不必擔心別人會不會笑，不必鼓足勇氣，只要高興就好，想做什麼就做什麼。想大聲吼叫，何嘗不可以。常常在山中，看到有人高聲吼叫，以為那是在練氣，我想那不一定是在練氣，而是在發洩，他可以在無人的山中，使盡吃奶的力量，好像擺脫一切束縛，獲得解脫，得到自在。在家中，我們不必帶上斯文的面具，說話大聲一點也無妨，只要不會影響鄰居的安寧就好。

每個人，都可以在自己的家中當皇帝，在家中可以暫時擺脫社會的規範，禮儀的約束，讓真正的自我流露出來，自由自在，無拘無束，不必考慮到形象的問題。那才是溫暖舒適的家。

所以，我說：家不是枷。

釀文學150　PG0990

有話想對孩子說

作　　者	鍾友聯
責任編輯	林千惠
圖文排版	詹凱倫
封面設計	秦禎翊

出版策劃	釀出版
製作發行	秀威資訊科技股份有限公司 114 台北市內湖區瑞光路76巷65號1樓 電話：+886-2-2796-3638　傳真：+886-2-2796-1377 服務信箱：service@showwe.com.tw http://www.showwe.com.tw
郵政劃撥	19563868　戶名：秀威資訊科技股份有限公司
展售門市	國家書店【松江門市】 104 台北市中山區松江路209號1樓 電話：+886-2-2518-0207　傳真：+886-2-2518-0778
網路訂購	秀威網路書店：http://www.bodbooks.com.tw 國家網路書店：http://www.govbooks.com.tw
法律顧問	毛國樑　律師
總 經 銷	聯合發行股份有限公司 231新北市新店區寶橋路235巷6弄6號4F 電話：+886-2-2917-8022　傳真：+886-2-2915-6275

出版日期	2013年8月　BOD一版
定　　價	300元

版權所有・翻印必究（本書如有缺頁、破損或裝訂錯誤，請寄回更換）
Copyright © 2013 by Showwe Information Co., Ltd.
All Rights Reserved

Printed in Taiwan

國家圖書館出版品預行編目

有話想對孩子說 / 鐘友聯著. -- 一版. -- 臺北市：釀出版, 2013.08
面； 公分
BOD版
ISBN 978-986-5871-73-4 (平裝)

855 102014157

讀者回函卡

感謝您購買本書，為提升服務品質，請填妥以下資料，將讀者回函卡直接寄回或傳真本公司，收到您的寶貴意見後，我們會收藏記錄及檢討，謝謝！如您需要了解本公司最新出版書目、購書優惠或企劃活動，歡迎您上網查詢或下載相關資料：http:// www.showwe.com.tw

您購買的書名：________________________________

出生日期：________年________月________日

學歷：□高中（含）以下　□大專　□研究所（含）以上

職業：□製造業　□金融業　□資訊業　□軍警　□傳播業　□自由業
　　　□服務業　□公務員　□教職　□學生　□家管　□其它_____

購書地點：□網路書店　□實體書店　□書展　□郵購　□贈閱　□其他

您從何得知本書的消息？

□網路書店　□實體書店　□網路搜尋　□電子報　□書訊　□雜誌
□傳播媒體　□親友推薦　□網站推薦　□部落格　□其他__________

您對本書的評價：（請填代號　1.非常滿意　2.滿意　3.尚可　4.再改進）

封面設計____　版面編排____　內容____　文／譯筆____　價格____

讀完書後您覺得：

□很有收穫　□有收穫　□收穫不多　□沒收穫

對我們的建議：________________________________

____

____

____

請貼
郵票

11466
台北市內湖區瑞光路 76 巷 65 號 1 樓

秀威資訊科技股份有限公司　收

BOD 數位出版事業部

（請沿線對折寄回，謝謝！）

姓　　名：＿＿＿＿＿＿＿＿＿＿　年齡：＿＿＿＿　性別：□女　□男

郵遞區號：□□□□□

地　　址：＿＿＿＿＿＿＿＿＿＿＿＿＿＿＿＿＿＿＿＿＿＿＿＿

聯絡電話：(日)＿＿＿＿＿＿＿＿＿＿＿＿(夜)＿＿＿＿＿＿＿＿＿＿＿＿

E-mail：＿＿＿＿＿＿＿＿＿＿＿＿＿＿＿＿＿＿＿＿＿＿＿＿＿＿